宮澤賢治 心象スケッチ 十の旅

澤口たまみ

Ⓡ林風舎

岩手日報社

Kenji Miyazawa
mental sketch
10 journeys

はじめに

海辺で貝殻を拾うように、宮澤賢治の言葉を集めてみたいと思いました。
貝殻は、広い海のどこかで生まれ育ち、寄せては返す波に運ばれて、いまは海辺に落ちています。ふと拾った貝殻が、なぜだかとても捨てがたくて、ずっと握りしめて歩いたことはないでしょうか。それは、ふと出会った言葉がなぜだかとても忘れがたくて、ずっと心に携えて生きるのと、どこか似ているように感じます。

言葉は、ひとの心という海のなかで、どんなふうに育ち、どんな波に運ばれて、いま、目の前にあるのでしょう。貝が暮らしていた海の底がどんなところなのか、わたしには想像するほかはありません。ひとの心の海のなかで、言葉が生まれる瞬間も同じです。けれども想像することは、無意味ではありません。

賢治の語彙は、彼が読んだ本や、学んだ学問などのなかに、その発想源があるか否かを問われる傾向にあります。賢治がなぜ、その言葉を選んだのかを理解するには、それらの本や学問が、大きな手がかりとなるのは言うまでもありません。

ところが、賢治の残した言葉のなかには、彼が誰の影響も受けずに、自身で紡ぎ出した言葉が、おそらくは無数に含まれています。なぜなら賢治は、ひとりの作家として作品を書いていました。そこには必ず、すでにどこかに記されたものではない、ごく新鮮な言葉を使いたいという自負があり、海辺でたったいま打ち上げられたばかりの貝殻を拾うようにして、自身の心の海と向き合ったはずだからです。

それらの言葉の発想源をあえて求めるならば、それはたとえば、まだ人間の知見が十分には及んでいない森羅万象のなかや、賢治だけが知っていて書簡などの記録にも残されてこなかった私的な経験のなかに、見出すことができるに違いありません。

したがって賢治の言葉のなかには、読者もまた自然の営みに丹念に目を凝らすことで、深い理解に至るものが少なくはありません。いっぽう賢治だけが知る私的な経験から生まれた言葉は、読者もまた自身の経験をたどり、そのような言葉が生まれる状況や背景を想像するほかはないでしょう。

賢治の言葉に触れて、なぜだかとても忘れがたいと思うとき、わたしたちの心は、その言葉を紡ぎ出した賢治の心に反応しています。賢治のひと知れぬ経験が、その反応をもたらしているとしたら、そこには賢治というひとを知り、その作品を読むうえで、重要な手がかりが隠れているかも知れません。たとえいまは確たる証拠がない事柄でも、いつか明らかになる日が来ないとは限りません。

この本では、詩の形式を持った賢治の作品から、わたしにとって忘れがたいものを集めてみました。賢治の心の海から拾った貝殻のようなこれらの言葉が、皆さまの心の海辺にたどり着き、いつか捨てがたい宝物となりますよう、願ってやみません。

目次

本書について

一、収録している作品は、ちくま文庫『宮沢賢治全集』（筑摩書房刊）を底本としています。題名がない作品は1行目を〔　〕でくくり、題名として代用しました。

一、宮沢賢治が各作品に付けた日付は、作品の最後に洋数字で表しました。

一、ルビについては、底本に則して旧仮名遣いで表記しています。また、読みやすさを考慮し、難読漢字などには本書独自のルビを新仮名遣いで追加しています。ただし、読み方が複数考えられたり、読み方がはっきりしないものなどにはルビをつけていません。

Ⅰ

春と修羅

心象スケッチのはじまり

心象スケッチは心の景色の記録である

序

わたくしといふ現象は
仮定された有機交流電燈の
ひとつの青い照明です
（あらゆる透明な幽霊の複合体）
風景やみんなといつしよに
せはしくせはしく明滅しながら
いかにもたしかにともりつづける
因果交流電燈の
ひとつの青い照明です
（ひかりはたもち　その電燈は失はれ）

『春と修羅』より

これらは二十二箇月の
過去とかんずる方角から
紙と鉱質インクをつらね
(すべてわたくしと明滅し
　みんなが同時に感ずるもの)
ここまでたもちつゞけられた
かげとひかりのひとくさりづつ
そのとほりの心象スケッチです

これらについて人や銀河や修羅や海胆は
宇宙塵をたべ　または空気や塩水を呼吸しながら
それぞれ新鮮な本体論もかんがへませうが
それらも畢竟《ひつきよう》こゝろのひとつの風物です
たゞたしかに記録されたこれらのけしきは

記録されたそのとほりのこのけしきで
それが虚無ならば虚無自身がこのとほりで
ある程度まではみんなに共通いたします
（すべてがわたくしの中のみんなであるやうに
　みんなのおのおののなかのすべてですから）

けれどもこれら新生代沖積世の
巨大に明るい時間の集積のなかで
正しくうつされた筈のこれらのことばが
わづかその一点にも均しい明暗のうちに
　（あるいは修羅の十億年）
すでにはやくもその組立や質を変じ
しかもわたくしも印刷者も
それを変らないとして感ずることは
傾向としてはあり得ます

新生代沖積世…地質時代のうち、約1万年前から現代に至る時代。沖積世は現在、完新世という用語に統一されている

けだしわれわれがわれわれの感官や
風景や人物をかんずるやうに
そしてたゞ共通に感ずるだけであるやうに
記録や歴史　あるいは地史といふものも
それのいろいろの論料《データ》といつしよに
（因果の時空的制約のもとに）
われわれがかんじてゐるのに過ぎません
おそらくこれから二千年もたつたころは
それ相当のちがつた地質学が流用され
相当した証拠もまた次次過去から現出し
みんなは二千年ぐらゐ前には
青ぞらいつぱいの無色な孔雀が居たとおもひ
新進の大学士たちは気圏のいちばんの上層
きらびやかな氷窒素のあたりから
すてきな化石を発掘したり

あるいは白堊紀砂岩の層面に
透明な人類の巨大な足跡を
発見するかもしれません

すべてこれらの命題は
心象や時間それ自身の性質として
第四次延長のなかで主張されます

大正十三年一月廿日

宮沢賢治

宮澤賢治の心象スケッチは、言葉によって立ち上がるイメージを味わうもの、と言っても過言ではないのかも知れません。1行、また1行と読み進めると、脳裏に鮮やかな色彩や景色が浮かんで、読者を心の旅へと誘います。

賢治はここで、自身を「ひとつの青い照明」と書いています。明かりはひとつ、真っ暗な空間に浮かんでいます。その光が、ひとつ、ふたつと増え、やがて無数の星が浮かぶ銀河のようになりました。そのなかのひとつは、読者であるあなたの照明です。わたしたちはふだん、自分を「わたくしという現象」などと客観視することはありません。ところが賢治の言葉は、読者の魂をも体の外へと連れ出し、自身の命を見つめ直させます。

人間だけではなく、風景を形作る木々や、生き物たちの照明もあります。膨大な量の命が、それぞれのリズムで明滅しながら互いに関わり合い、あるものは命を失っても光を失わず、「有機交流電燈」は全体として光り続けています。これは、我々が生きている「生態系」の比喩のように、わたしには思われます。

光があれば影ができます。賢治は両方の心の景色を記録しています。そのスケッチは、時代が変われば解釈が変わる可能性があります。けれども賢治がここで最も訴えたいのは、たとえどのように解釈されようと、『春と修羅』に書かれているのは、「たゞたしかに記録された」「そのとほりのけしき」なのだということでしょう。■

『春と修羅』には恋と病が記されている

恋と病熱

けふはぼくのたましひは疾《や》み
烏《からす》さへ正視ができない
　あいつはちやうどいまごろから
つめたい青銅《ブロンヅ》の病室で
透明薔薇《ばら》の火に燃される
ほんたうに　けれども妹よ
けふはぼくもあんまりひどいから
やなぎの花もとらない

1922. 3. 20

『春と修羅』より

『春と修羅』には、賢治が花巻農学校に勤めていた4年間のうちのはじめの2年間、1922（大正11）年の1月から翌1923年の12月までの心象スケッチが収められています。しかし、先に紹介した『春と修羅』の「序」には「これらは二十二箇月の／過去とかんずる方角から」と記されています。なぜ24か月ではなく、22か月なのでしょう。

謎を解く鍵は、「序」に添えられた日づけ「大正十三年一月廿日」にあります。この日から22か月をさかのぼると、たどり着くのは大正11年の3月20日。その日づけを持つ心象スケッチが「恋と病熱」です。賢治は「序」によって、『春と修羅』の書き始めの作品を特定しているものと、わたしは考えています。

このころ賢治のよき理解者であった妹のトシは、病の床に伏していました。賢治はトシの高熱を「透明薔薇の火」と表現しながら、おそらくは蚊帳を表す「青銅の病室」という言葉を配置することで、青い箱のなかで透明な赤い火が燃えている、悲しくも鮮やかなイメージを、読者の心象に投げかけてきます。

その外側には烏の漆黒と、柳の花芽の銀毛が、さらなるコントラストを作っています。春の訪れを告げるその花芽を持ち帰ったら、トシがどんなにか喜ぶことでしょう。けれども賢治は烏さえ眩しいのです。どうして銀に輝く花芽を摘めるでしょう。

この日、賢治の心を痛めているのは、タイトルにもあるように恋なのでした。■

記されているのはすべて二重の風景である

春と修羅
(mental sketch modified)

心象のはひいろはがねから
あけびのつるはくもにからまり
のばらのやぶや腐植の湿地
いちめんのいちめんの諂曲《てんごく》模様
(正午の管楽《くわんがく》よりもしげく
琥珀のかけらがそそぐとき)
いかりのにがさまた青さ
四月の気層のひかりの底を
唾《つばき》し　はぎしりゆききする

『春と修羅』より

諂曲…こびへつらうこと

おれはひとりの修羅なのだ
（風景はなみだにゆすれ）
砕ける雲の眼路《めぢ》をかぎり
れいろうの天の海には
聖玻璃《せいはり》の風が行き交ひ
ZYPRESSEN　春のいちれつ
くろぐろと光素《エーテル》を吸ひ
その暗い脚並からは
天山の雪の稜《かど》さへひかるのに
（かげろふの波と白い偏光）
まことのことばはうしなはれ
雲はちぎれてそらをとぶ
ああかがやきの四月の底を
はぎしり燃えてゆききする
おれはひとりの修羅なのだ

玻璃…ガラスのこと
ZYPRESSEN…ドイツ語でイトスギのこと（zypresse の複数形）

（玉髄の雲がながれて
　どこで啼くその春の鳥）
日輪青くかげろへば
　修羅は樹林に交響し
　　陥りくらむ天の椀から
　　黒い木の群落が延び
　　　その枝はかなしくしげり
　　すべて二重の風景を
　喪神《そうしん》の森の梢から
　ひらめいてとびたつからす
（気層いよいよすみわたり
　ひのきもしんと天に立つころ）
草地の黄金をすぎてくるもの
ことなくひとのかたちのもの
けらをまとひおれを見るその農夫

玉髄…非常に細かい石英粒子が固まった鉱物の一種。カルセドニー。玉髄のうち、縞模様がはっきり見えるものを瑪瑙（めのう）という

けら…樹皮などで編んだ雨具。蓑（みの）のこと

ほんたうにおれが見えるのか
まばゆい気圏の海のそこに
（かなしみは青々ふかく）
ZYPRESSEN　しづかにゆすれ
鳥はまた青ぞらを截《き》る
（まことのことばはここになく
　修羅のなみだはつちにふる）

あたらしくそらに息つけば
ほの白く肺はちぢまり
（このからだそらのみぢんにちらばれ）
いてふのこずゑまたひかり
ZYPRESSEN　いよいよ黒く
雲の火ばなは降りそそぐ

1922. 4. 8

「序」に記されているように、賢治は心象スケッチを、自らの心の景色をその通りに記録したものだと主張しています。したがって、いくらかの修正（modify）があるときは、それを明記しておきたかったのでしょう。(mental sketch modified) と書き添えられた作品は、どこかがその通りではなかったものと思われます。

賢治は四月の光のなかを歩いています。眼前には腐植の湿地、おそらくは、岩手山麓に存在しているような伏流水による湿地でしょう。行の配置を山形にしているのは、あるいは山を写しとったものかも知れません。

声に出して読むと分かりますが、この作品は、たいへんリズムよく書かれています。その理由のひとつは、「はひいろはがね」「いちめんのいちめんの」などのように、同じ文字をくり返して韻を踏んでいること。さらに、「いかりのにがさ」「四月の気層のひかり」などで分かるように、母音を同じくする言葉のくり返しで韻を踏んでいます。

しかも賢治は、ある言葉にそれと母音を同じくする言葉の意味を隠し持たせることで、言葉に二重の意味を持たせるという暗喩を行っていました。「すべて二重の風景を」という1行は、それを匂わせているとも読みとれます。

そしてここでくり返される「おれはひとりの修羅なのだ」という1行で、賢治は修羅という言葉に、自分自身という意味を持たせています。■

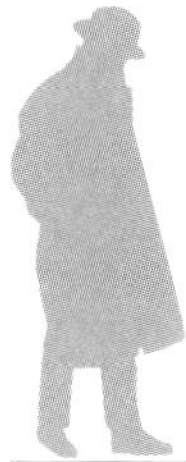

賢治の「雲」

「春と修羅」の冒頭にも登場する「くも（雲）」という言葉は、ときに恋愛という意味を隠しています。同じく『春と修羅』に収められ、5月10日の日づけを持つ「雲の信号」には、「そのとき雲の信号は／もう青白い春の／禁慾のそら高く掲げられていた」との一節もあります。このような雲に対する賢治の意識は、のちに「詩ノート」の〔あの雲がアットラクテヴだといふのかね〕のなかで、「ほとんど恋愛自身」と記されるところにも表れています。

あたたかくくらくおもいもの
ぬるんだ水空気懸垂体
それこそほとんど恋愛自身なのである

（抜粋）

恋の相手は頬がうす赤く瞳の茶いろ

春光呪咀

いつたいそいつはなんのざまだ
どういふことかわかつてゐるか
髪がくろくてながく
しんとくちをつぐむ
ただそれつきりのことだ
　春は草穂に呆《ぼう》け
　うつくしさは消えるぞ
　（ここは蒼ぐろくてがらんとしたもんだ）
頬がうすあかく瞳の茶いろ
ただそれつきりのことだ
　（おおこのにがさ青さつめたさ）

1922. 4. 10

『春と修羅』より

「恋と病熱」から「春と修羅」と続き、次に収められているのが「春光呪咀《じゅそ》」です。「恋と病熱」から20日あまり。ここで賢治は美しい女性を、その瞳の色が分かるほどの近さで見つめています。修羅の嘆きをよそに、その恋はとまどうばかりの速さで進んだのでした。女性は花巻市内の蕎麦屋の娘で、花城《かじょう》小学校で教師をしていた大畠《おおはた》ヤスさんです。

　ふたりの恋は、主に周囲の反対によって破れ、実ることがありませんでした。よって賢治の年譜にも、ヤスさんの名前は記されていません。賢治が作中で韻を踏むようになったのは、声に出して読んだときのリズムをよくするためだったでしょうが、母音で韻を踏む言葉に二重の意味を持たせようとしたのは、おそらくは「ヤス」という名前を、密かに記録するためだったでしょう。

　ヤスの名前と母音を同じくする言葉には、たとえば賢治が晩年、農業指導をするために開いた羅須地人協会の「羅須《らす》」があります。賢治はその意味を尋ねられ、「花巻を花巻と言うようなもので深い意味はない」と答えたそうです。しかし羅須が、ヤスと同じ母音「a音↓u音」を持つことは、偶然ではないのでしょう。偶然どころか、賢治自身を意味する修羅の羅と、ヤスのスを組み合わせたものであるとも思われます。

「春」もまた、「a音↓u音」を持ちます。「春と修羅」とタイトルは、「ヤスと賢治」という意味を隠し持つのです。■

スケッチのはじまりは恋

〔日曜にすること〕

日曜にすること
運針布を洗濯し
うん針を整理し
試験をみる
それから　つばきの花をかき
本をせいりし　手げいをする
　とノートのはじに書けるなり。

「冬のスケッチ」より

この一節は、賢治が花巻農学校に就職した1921（大正10）年の冬から、翌春にかけて書いたと推定される「冬のスケッチ」という詩に含まれていました。その原稿は、ところどころ失われていて、順序も定かではないのですが、激しい恋情が記されているとともに、「恋と病熱」に改編されたと思しき一節も含まれています。恋が賢治を詩人にし、『春と修羅』を書かせたことがうかがわれる作品です。

この冬、賢治は花巻農学校に勤務すると、花巻女学校で音楽教師をしていた藤原嘉藤治《かとうじ》と友人になり、給料で買い集めたレコードで、コンサートを主催していました。いっぽうヤスは、花城小学校での勤めを終えたあと、蕎麦屋の店先に出て働いたり、幼い妹たちの世話をしたりして、忙しくしていましたが、土曜日のレコード・コンサートには、小学校の同僚たちとともに参加していました。

賢治の声はバリトンでよく響き、音楽解説はユーモラスで楽しかったと、教え子たちが記憶しています。賢治は熱心に解説しながら会場を歩きまわり、そっとヤスの傍らに立ったのでしょうか。（やることが山ほどあるのに、来てくれているんだな……）。激しく揺れ動く心情が記された「冬のスケッチ」のなかで、そこだけぽっかりと優しく、柔らかな光に包まれたように明るいのが、「日曜にすること」で始まる数行なのでした。

賢治とヤスの恋は、レコード・コンサートで始まりました。■

鉱物の結晶のような賢治の言葉

『春と修羅』は、藍染でアザミ文様を施した布を装丁に用いるなど、賢治が自ら吟味して、丁寧に拵《こしら》えあげた美しい1冊です。収められた作品は詩の形式をとっていますが、賢治はあくまでも心象スケッチと呼ぶことにこだわりました。妹トシの病とともに、自らの恋を密かに記していた賢治は、これがフィクションだと思われては困ると考えたのでしょう。

ですから心象スケッチには、賢治という人間の精神が、つぶさに映されていると言えます。幼いころから石好きで、盛岡高等農林でも地質を学んだ賢治らしく、その言葉のいちいちは、多様な色合いと光沢を持つ鉱物の結晶のようです。それらの結晶を集め並べたときに、何らかの形が現れるとするならば、その凸凹のあるごつごつとしたアウトラインこそが、賢治という人間の輪郭にほかならないと思われます。

賢治の言葉は一世紀を経ても原石の趣を失わず、手垢のつく余地もありません。心象スケッチを読むのは、その結晶が宝石なのか溶岩なのか、あるいは化石なのかを、さまざまな角度から眺め透かしたり、手のひらで転がしてみたりすることに似ています。分からない言葉があっても、そっと胸の標本箱に収めておけば、いつか分かる日が訪れるでしょう。

賢治の言葉を透かして見たり転がしてみたりしたとき、わたしたち読者の心象にはどのような色の光が現れ、どのような音が鳴るでしょう。賢治の心象スケッチを読むとは、賢治の言葉に触れたときの自らの心象を、見つめ直すという作業なのかも知れません。

コラム
停車場
1番線

Ⅱ

小岩井農場

小岩井は賢治の聖地

言葉の浮標《ブイ》は投げられた

小岩井農場　パート二

たむぼりんも遠くのそらで鳴つてるし
雨はけふはだいぢやうぶふらない
しかし馬車もはやいと云つたところで
そんなにすてきなわけではない
いままでたつてやつとあすこまで
ここからあすこまでのこのまつすぐな
火山灰のみちの分だけ行つたのだ
あすこはちやうどまがり目で
すがれの草穂《ぼ》もゆれてゐる
（山は青い雲でいつぱい　光つてゐるし

『春と修羅』「小岩井農場」より

　かけて行く馬車はくろくてりつぱだ）
ひばり　ひばり
銀の微塵《みぢん》のちらばるそらへ
たつたいまのぼつたひばりなのだ
くろくてすばやくきんいろだ
そらでやる Brownian movement
おまけにあいつの翅《はね》ときたら
甲虫のやうに四まいある
飴いろのやつと硬い漆ぬりの方と
たしかに二重《ふたへ》にもつてゐる
よほど上手に鳴いてゐる
そらのひかりを呑みこんでゐる
光波のために溺れてゐる
もちろんずつと遠くでは
もつとたくさんないてゐる

Brownian movement…液体や気体の中にある微粒子が、不規則に運動する現象。ブラウン運動。イギリスの植物学者ロバート・ブラウンが発見した

そいつのはうははいけいだ
向ふからはこつちのやつがひどく勇敢に見える
うしろから五月のいまごろ
黒いながいオーヴアを着た
医者らしいものがやつてくる
たびたびこつちをみてゐるやうだ
それは一本みちを行くときに
ごくありふれたことなのだ
冬にもやつぱりこんなあんばいに
くろいイムバネスがやつてきて
本部へはこれでいいんですかと
遠くからことばの浮標《ブイ》をなげつけた
でこぼこのゆきみちを
辛うじて咀嚼《そしやく》するといふ風にあるきながら
本部へはこれでいゝんですかと

イムバネス…両肩を覆うケープと、丈の長いコートを組み合わせたインバネスコートのこと。シャーロック・ホームズが愛用したコートで知られる

心細《こころぼそ》さうにきいたのだ
おれはぶつきら棒にああと言つただけなので
ちやうどそれだけ大《たい》へんかあいさうな気がした
けふのはもつと遠くからくる

1922. 5. 21

賢治は5月の小岩井農場を訪れ、歩きながら言葉を紡いでいます。したがって心象スケッチ「小岩井農場」には、賢治の足音が通奏低音のように響き続けており、それを表現するかのように、文章そのものもリズムよく押韻しています。

なかでも「パート二」は、前半の「あすこ」のくり返し、中段の「ひばり」のくり返し、ひばりの描写部分は文頭の母音を「o音」で揃え、文末を「ゐる」で統一している点など、まさにラップのように韻を踏んでいると言えるでしょう。

そして賢治が熱心に韻を踏んでいるときは、しばしばヤスの名前が隠されています。たとえば「あすこ」の母音は「a音↓u音↓o音」で「ヤス子」を意味する可能性があり、のちに重要となる「まがり目」であることが明記されています。また、「ひばり」の母音は「i音↓a音↓i音」で「愛」を含みます。

あとで改めて述べますが、ヤスは花巻市内で賢治に密かに会うときなど、黒いマントを被って男のふりをしていたと推測されます。すると、ここに登場する「くろいイムバネス」が男性とは限りません。「ことばの浮標」とは、言うまでもなく「言葉の目印」、「合言葉」と解釈してよいのでしょう。

冬の小岩井農場で、「本部へは、これでいいんですか」と遠くから声をかけてきたのは、ヤス、そのひとであったと、わたしは考えています。■

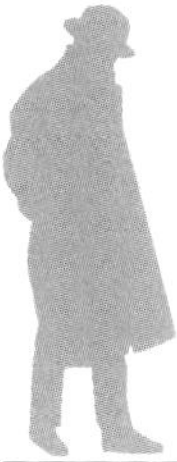

小岩井駅

長編スケッチ「小岩井農場」の「パート一」では、小岩井駅に降り立った賢治が、農場の入り口まで歩いていくようすが描かれています。その冒頭はよく練られていますが、盛岡高等農林学校で化学を教えていたのは、実際には古川仲右衛門でした。これは単なる間違いではなく、賢治は「化学の並川」と、韻を踏もうとしたのかも知れません。いまでも小岩井駅を訪ねると、颯爽と歩き出す賢治の姿が見えるようです。

わたくしはずゐぶんすばやく汽車からおりた
そのために雲がぎらつとひかつたくらゐだ
けれどももつとはやいひとはある
化学の並川さんによく肖《に》たひとだ
あのオリーブのせびろなどは
そつくりおとなしい農学士だ

（抜粋）

『春と修羅』冒頭の舞台は小岩井農場

屈折率

七つ森のこつちのひとつが
水の中よりもつと明るく
そしてたいへん巨《おほ》きいのに
わたくしはでこぼこ凍つたみちをふみ
このでこぼこの雪をふみ
向ふの縮れた亜鉛《あえん》の雲へ
陰気な郵便脚夫《きやくふ》のやうに
（またアラツディン　洋燈《ラムプ》とり）
急がなければならないのか

1922. 1. 6

『春と修羅』より

くらかけの雪

たよりになるのは
くらかけつづきの雪ばかり
野はらもはやしも
ぽしやぽしやしたり黝《くす》んだりして
すこしもあてにならないので
ほんたうにそんな酵母《かうぼ》のふうの
朧《おぼろ》なふぶきですけれども
ほのかなのぞみを送るのは
くらかけ山の雪ばかり
（ひとつの古風《こふう》な信仰です）

1922. 1. 6

『春と修羅』より

心象スケッチ「小岩井農場」で、賢治はヤスと待ち合わせをしたのであろう冬の日を、くり返し回想しています。

冬の心象スケッチで、「小岩井農場」と符合する記述が見られるのは、『春と修羅』の巻頭に収められた「屈折率」、添えられた日づけは1922年1月6日です。

たとえば「小岩井農場」の「パート一」には、「ほんたうにこのみちをこの前行くときは／空気がひどく稠密《ちゅうみつ》で／つめたくそしてあかる過ぎた／今日は七つ森はいちめんの枯草《かれくさ》」とあり、「屈折率」にも七つ森が登場します。また、「屈折率」のなかでくり返される「でこぼこ」という表現は、先に紹介した「パート二」の、後ろから「くろいインバネス」がやってくる場面で、「でこぼこのゆきみち」と記されることと共通します。

ちなみに屈折率とは、物質によって光の進む速さが変わり、結果として光が曲がって見える現象を指し、水中では物体が1・3倍の大きさに見えます。賢治は、小岩井駅の近くにある「七つ森」が大きく見えることを、水のなかの物体になぞらえています。

「アラッディン」は、「アラッディン」と表記すれば「アラジン」と読むのだろうと分かります。アラジン、そして「洋燈」と言えば、『アラビアン・ナイト』のなかの1話として西洋に紹介された「アラジンと魔法のランプ」が思い浮かびます。

擦ると精霊が現れ、願いを叶えてくれるという魔法のランプ。アラジンはおしまい、国王の娘と結婚します。ヤスを厳冬の小岩井農場に誘ったこの日、賢治はまさしくアラジンのような気持ちで、でこぼこの雪道を踏みしめて歩いていたのでしょう。

続く「くらかけの雪」も、「屈折率」と同じ日づけを持ちます。「くらかけ」とは、小岩井農場の北、岩手山のふもとに位置する「鞍掛山」です。農場は小岩井駅の北にありますから、駅から歩くときには、岩手山や鞍掛山がよい目印になります。

鞍掛山は、標高897メートルと、そう高くはありませんが長い尾根を持つ山で、その鞍部に積もった雪が、遠くからでも白く見えます。それが鞍掛という地名の由来であり、賢治が降りしきる雪のなかを歩きながら、「くらかけつづきの雪」を「たより」にしている理由でしょう。

「古風な信仰」とは、そんな鞍掛山への思いを指しているようにも読めますが、ふたつの心象スケッチの（　）に入った1行ずつをとり出し、（またアラツディン　洋燈とり）（ひとつの古風な信仰です）と読むこともできると、わたしは思います。賢治は、ランプにまつわる西洋の伝説を、「古風な信仰」と書いたのではないでしょうか。

はたして厳冬の小岩井農場に、ヤスは来ました。あるいは賢治が、ヤスという女性を心の底から愛しいと思ったのは、粉雪の向こうにぽつりと黒くヤスの姿が現れた、その瞬間だったかも知れません。■

それが雉子の声だ

小岩井農場　パート四

本部の気取《きど》つた建物が
桜やポプラのこつちに立ち
そのさびしい観測台のうへに
ロビンソン風力計の小さな椀や
ぐらぐらゆれる風信器を
わたくしはもう見出さない
さつきの光沢消《つやけ》しの立派な馬車は
いまごろどこかで忘れたやうにとまつてようし
五月の黒いオーヴアコートも
どの建物かにまがつて行つた

『春と修羅』「小岩井農場」より

ロビンソン風力計…お椀の形をした「風杯」で風を受け、アームが回転する風力計

冬にはこゝの凍つた池で
こどもらがひどくわらつた
（から松はとびいろのすてきな脚です
向ふにひかるのは雲でせうか粉雪でせうか
それとも野はらの雪に日が照つてゐるのでせうか
氷滑りをやりながらなにがそんなにをかしいのです
おまへさんたちの頬つぺたはまつ赤ですよ）
葱《ねぎ》いろの春の水に
楊の花芽《ベムベロ》ももうぼやける……
はたけは茶いろに掘りおこされ
廐肥《きゆうひ》も四角につみあげてある
並樹ざくらの天狗巣《てんぐす》には
いぢらしい小さな緑の旗を出すのもあり
遠くの縮れた雲にかかるのでは
みづみづした鶯いろの弱いのもある……

天狗巣…桜などがかかる「てんぐ巣病」のこと。小枝が異常に密生する

あんまりひばりが啼きすぎる
　（育馬部と本部とのあひだでさへ
　ひばりやなんか一ダースできかない）
そのキルギス式の逞ましい耕地の線が
ぐらぐらの雲にうかぶこちら
みじかい素朴な電話ばしらが
右にまがり左へ傾きひどく乱れて
まがりかどには一本の青木
　（白樺だらう　楊ではない）
耕耘《こううん》部へはここから行くのがちかい
ふゆのあひだだつて雪がかたまり
馬橇《ばそり》も通つていつたほどだ
　（ゆきがかたくはなかつたやうだ
　なぜならそりはゆきをあげた
　たしかに酵母のちんでんを

　冴えた気流に吹きあげた）
あのときはきらきらする雪の移動のなかを
ひとはあぶなつかしいセレナーデを口笛に吹き
往つたりきたりなんべんしたかわからない
　（四列の茶いろな落葉松《らくえふしよう》）
けれどもあの調子はづれのセレナーデが
風やときどきぱつとたつ雪と
どんなによくつりあつてゐたことか
それは雪の日のアイスクリームとおなじ
　（もつともそれなら暖炉《だんろ》もまつ赤《か》だらうし
　muscovite も少しそつぽに灼《や》けるだらうし
　おれたちには見られないぜい沢《たく》だ）
春のヴアンダイクブラウン
きれいにはたけは耕耘された
雲はけふも白金《はくきん》と白金黒《はくきんこく》

---

muscovite…マスコバイト。和名は「白雲母」。透明で耐熱性にすぐれ、窓ガラスや断熱材として利用された

ヴァンダイクブラウン…ベルギーの画家ヴァン・ダイクが好んで使った茶褐色

そのまばゆい明暗《めいあん》のなかで
ひばりはしきりに啼いてゐる
（雲の讃歌《さんか》と日の軋《きし》り）
それから眼をまたあげるなら
灰いろなもの走るもの蛇に似たもの　雉子だ
亜鉛鍍金《あえんめっき》の雉子なのだ
あんまり長い尾をひいてうららかに過ぎれば
もう一疋《ぴき》が飛びおりる
山鳥ではない
（山鳥ですか？　山で？　夏に？）
あるくのははやい　流れてゐる
オレンヂいろの日光のなかを
雉子はするするながれてゐる
啼いてゐる
それが雉子の声だ

いま見はらかす耕地のはづれ
向ふの青草の高みに四五本乱れて
なんといふ気まぐれなさくらだらう
みんなさくらの幽霊だ
内面はしだれやなぎで
鴇《とき》いろの花をつけてゐる
　（空でひとむらの海綿白金《プラチナスポンヂ》がちぎれる）
それらかゞやく氷片の懸吊《けんてう》をふみ
青らむ天のうつろのなかへ
かたなのやうにつきすすみ
すべて水いろの哀愁を焚《た》き
さびしい反照《はんせう》の偏光《へんくわう》を截《き》れ
いま日を横ぎる黒雲は
侏羅《じゆら》や白堊のまつくらな森林のなか
爬虫《はちゆう》がけはしく歯を鳴らして飛ぶ

懸吊…引っ掛けてつるすこと

反照…照り返しのこと

その氾濫の水けむりからのぼつたのだ
たれも見てゐないその地質時代の林の底を
水は濁つてどんどんながれた
いまこそおれはさびしくない
たつたひとりで生きて行く
こんなきままなたましひと
たれがいつしよに行けようか
大びらにまつすぐに進んで
それでいけないといふのなら
田舎ふうのダブルカラなど引き裂いてしまへ
それからさきがあんまり青黒くなつてきたら……
そんなさきまでかんがへないでいい
ちからいつぱい口笛を吹け
口笛をふけ　陽《ひ》の錯綜《さくそう》
たよりもない光波のふるひ

ダブルカラ…襟が2枚重ねになったデザインのシャツ。ダブルカラー

すきとほるものが一列わたくしのあとからくる
ひかり　かすれ　またうたふやうに小さな胸を張り
またほのぼのとかゞやいてわらふ
みんなすあしのこどもらだ
ちらちら瓔珞《やうらく》もゆれてゐるし
めいめい遠くのうたのひとくさりづつ
緑金寂静《ろくきんじやくじやう》のほのほをたもち
これらはあるいは天の鼓手《こしゆ》　緊那羅《きんなら》のこどもら
（五本の透明なさくらの木は
　青々とかげろふをあげる）
わたくしは白い雑嚢《ざつのう》をぶらぶらさげて
きままな林務官のやうに
五月のきんいろの外光のなかで
口笛をふき歩調をふんでわるいだらうか
たのしい太陽系の春だ

瓔珞…貴金属などを糸でつなぎ、頭や首にかける装身具

緊那羅…インド神話に登場する天上の楽人。仏法を守護する八部衆の一つ

雑嚢…布製のかばん

みんなはしつたりうたつたり
はねあがつたりするがいい
（コロナは八十三万二百……）
あの四月の実習のはじめの日
液肥をはこぶいちにちいつぱい
光炎菩薩太陽マヂックの歌が鳴つた
（コロナは八十三万四百……）
ああ陽光のマヂックよ
ひとつのせきをこえるとき
ひとりがかつぎ棒をわたせば
それは太陽のマヂックにより
磁石のやうにもひとりの手に吸ひついた
（コロナは七十七万五千……）
どのこどもかが笛を吹いてゐる
それはわたくしにきこえない

けれどもたしかにふいてゐる
（ぜんたい笛といふものは
　きまぐれなひよろひよろの酋長だ）

みちがぐんぐんうしろから湧き
過ぎて来た方へたたんで行く
むら気な四本の桜も
記憶のやうにとほざかる
たのしい地球の気圏の春だ
みんなうたつたりはしつたり
はねあがつたりするがいい

1922. 5. 21

くり返し回想される冬の小岩井農場で、賢治はもう、ひとりではありません。傍らにはヤスが歩いています。賢治が口笛で奏でる「セレナーデ」は、「夜曲」と訳されることが多いのですが、「女性を称えるために野外で演奏される曲」という意味を持ちます。

光る野原を見て無邪気に語り、子どもたちに話しかけるのは、賢治でしょうか、ヤスでしょうか。ヒントは中段に出てくる「雉子」です。キジが目の前に現れたのは、5月なのか冬なのか、明記はされていません。しかし、ふいに差し挟まれる（山鳥ですか？　山で？　夏に？）という問いかけは、賢治が自問したにしては不自然です。おそらくは会話のなかで「以前は山鳥を見たこともありますよ」などと賢治が言い、それに対してヤスが問いを重ねたのでしょう。

そして賢治は書くのです。「啼いてゐる／それが雉子の声だ」と。ここでキジという鳥の名が漢字で書かれていることに、わたしは注目します。「雉」という漢字の偏は「矢（や）」で、旁《つくり》は鳥を表すという「隹（すい）」です。つまり「雉」という漢字は「ヤス」、「雉子」は「ヤス子」という意味を含むのです。

賢治の心は揺れ動き、寂しくないと強がったり、幻想を見たりもしますが、最終的には「太陽系の春」を享受しようと、思いが定まってゆくように思われます。■

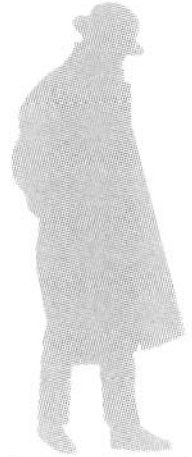

ぶどしぎ

「小岩井農場　パート七」のなかで、賢治が「ぶどしぎ」と書いているのはオオジシギです。現在では、主に北海道に飛来する夏鳥ですが、かつては岩手でも繁殖するようすが見られました。オスは空中で「ズビャーク、ズビャーク」と鳴きながら激しく尾羽を鳴らすディスプレイフライトを行うため、「カミナリシギ」との別名もあります。その渡りは壮大で、冬には赤道を越えてオーストラリアで過ごします。いかにも賢治好みの鳥だと言えるでしょう。

やつてるやつてるそらで鳥が
（あの鳥何て云ふす　此処らで）
（ぶどしぎ）
（ぶどしぎて云ふのか）
（あん　曇るづどよぐ出はら）
から松の芽の緑玉髄《クリソプレース》

（抜粋）

賢治はどこへ曲がってゆくのか

小岩井農場　パート九

すきとほつてゆれてゐるのは
さつきの剽悍《へうかん》な四本のさくら
わたくしはそれを知つてゐるけれども
眼にははつきり見てゐない
たしかにわたくしの感官の外《そと》で
つめたい雨がそそいでゐる
（天の微光にさだめなく
うかべる石をわがふめば
おゝユリア　しづくはいとど降りまさり
カシオペーアはめぐり行く）

『春と修羅』「小岩井農場」より

ユリアがわたくしの左を行く
大きな紺いろの瞳をりんと張つて
ユリアがわたくしの左を行く
ペムペルがわたくしの右にゐる
……………はさつき横へ外《そ》れた
あのから松の列のところから横へ外れた
　（幻想が向ふから迫つてくるときは
　　もうにんげんの壊れるときだ）
わたくしははつきり眼をあいてあるいてゐるのだ
ユリア　ペムペル　わたくしの遠いともだちよ
わたくしはずゐぶんしばらくぶりで
きみたちの巨きなまつ白なすあしを見た
どんなにわたくしはきみたちの昔の足あとを
白堊系の頁岩《けつがん》の古い海岸にもとめただらう
　（あんまりひどい幻想だ）

頁岩…堆積岩の一種。本のページのように、うすくはげることから名付けられた

わたくしはなにをびくびくしてゐるのだ
どうしてもどうしてもさびしくてたまらないときは
ひとはみんなきつと斯《こ》ういふことになる
きみたちとけふあふことができたので
わたくしはこの巨きな旅のなかの一つづりから
血みどろになつて遁《に》げなくてもいいのです
（ひばりが居るやうな居ないやうな
　腐植質から麦が生え
　雨はしきりに降つてゐる）
さうです　農場のこのへんは
まつたく不思議におもはれます
どうしてかわたくしはここらを
der heilige Punkt と
呼びたいやうな気がします
この冬だつて耕耘部まで用事で来て

der heilige Punkt…ドイツ語で神聖な場所の意味

こゝいらの匂のいゝふぶきのなかで
なにとはなしに聖いこころもちがして
凍えさうになりながらいつまでもいつまでも
いつたり来たりしてゐました
さつきもさうです
どこの子どもらですかあの瓔珞をつけた子は
（そんなことでだまされてはいけない
ちがつた空間にはいろいろちがつたものがゐる
それにだいいちさつきからの考へやうが
まるで銅版のやうなのに気がつかないか）
雨のなかでひばりが鳴いてゐるのです
あなたがたは赤い瑪瑙《めのう》の棘でいつぱいな野はらも
その貝殻のやうに白くひかり
底の平らな巨きなすあしにふむのでせう
もう決定した　そつちへ行くな

瑪瑙…玉髄のうち、縞模様がはっきりしたもの

これらはみんなただしくない
いま疲れてかたちを更へたおまへの信仰から
発散して酸《す》えたひかりの澱《おり》だ
ちひさな自分を劃《くぎ》ることのできない
この不可思議な大きな心象宙宇のなかで
もしも正しいねがひに燃えて
じぶんとひとと万象といつしよに
至上福祉にいたらうとする
それをある宗教情操とするならば
そのねがひから砕けまたは疲れ
じぶんとそれからたつたもひとつのたましひと
完全そして永久にどこまでもいつしよに行かうとする
この変態を恋愛といふ
そしてどこまでもその方向では
決して求め得られないその恋愛の本質的な部分を

むりにもごまかし求め得ようとする
この傾向を性慾といふ
すべてこれら漸移《ぜんい》のなかのさまざまな過程に従つて
さまざまな眼に見えまた見えない生物の種類がある
この命題は可逆的にもまた正しく
わたくしにはあんまり恐ろしいことだ
けれどもいくら恐ろしいといつても
それがほんたうならしかたない
さあはつきり眼をあいてたれにも見え
明確に物理学の法則にしたがふ
これら実在の現象のなかから
あたらしくまつすぐに起て
明るい雨がこんなにたのしくそそぐのに
馬車が行く　馬はぬれて黒い
ひとはくるまに立つて行く

もうけつしてさびしくはない
なんべんさびしくないと云つたとこで
またさびしくなるのはきまつてゐる
けれどもここはこれでいいのだ
すべてさびしさと悲傷とを焚いて
ひとは透明な軌道をすすむ
ラリックス　ラリックス　いよいよ青く
雲はますます縮れてひかり
わたくしはかつきりみちをまがる

1922. 5. 21

ラリックス…カラマツの学名 Larix（ラリックス）

「パート九」のラストで、賢治はどこからどこへ曲がったのでしょう。「もう決定した　そつちへ行くな」（59ページ）から始まる40行をくり返し吟味して読むと、賢治はこのとき、ヤスとの恋愛に身を投じる決意を固めたものと思われます。

「性慾」が、決して快楽的な意味でないことは、「すべてこれら漸移のなかのさまざまな過程に従つて／さまざまな眼に見えまた見えない生物の種類がある」との2行に示されます。この世に多様な生物が存在する事実は、それらが脈々と世代を交代してきた事実を物語ります。性は子孫を残すための営みであり、性がなければ、あらゆるいのちはこのように多様には存在していないのです。

あらゆる生きものが、性によっていのちをつないでいる、その「実在の現象」のなかに、「あたらしくまつすぐに起て」とは、ヤスとの恋愛から生じる性と、その結果として生まれる子ども、ひいては結婚や家庭の問題を受け入れたとしても、正しい願いを起こすことはできる、という賢治の決意に感じられます。

「この変態を恋愛といふ」「この傾向を性慾といふ」という対をなす2行で、「変態」と「恋愛」、「傾向」と「性欲」が、それぞれ韻を踏んでいることも付記しておきます。最後には悲しい結末を迎えるふたりの恋でしたが、少なくとも5月の小岩井農場で、賢治は確かに、ヤスへの愛を謳《うた》っていました。■

カラマツの芽のクリソプレース

心象スケッチ「小岩井農場」で、賢治はしきりにカラマツへの愛を語ります。「パート三」には「からまつの芽はネクタイピンにほしいくらゐだし」という表現があり、「パート七」には、「から松の芽の緑玉髄《クリソプレース》」「これらのからまつの小さな芽をあつめ／わたくしの童話をかざりたい」との表現が見られます。

クリソプレースは、明るい緑色をした宝石です。カラマツはマツの一種でありながら秋には落葉し、春には新たに芽吹きます。柔らかな松葉の束が、枝いっぱいに点々と伸びてくるさまは、じつに愛らしく、宝石を散りばめたように美しいものです。

その母音を見ると、カラマツ、マツとも「a音↓u音」を含み、ヤスと母音を同じくします。さらに、カラマツの学名は「ラリックス」で、あいだに文字を挟みはしますが、「ラ」ではじまり「ス」で終わる、つまり「ラス」という文字を含む言葉になり、やはり「a音↓u音」を含みます。カラマツは、どうしても「ヤス」につながる言葉です。

そして「パート九」のラストで、ラリックスはくり返されます。賢治がかっきりと曲がっていく、その「曲がり目」には、やはりヤスがいたのです。

そもそも「小岩井」は、ローマ字で書くと「koiwai」で、その綴りには「恋」と「愛」という音が含まれます。美しい長編スケッチ「小岩井農場」は、ヤスに捧げられたものと言ってよいでしょう。

Ⅲ　種山が原

思い出の風と光

種山が原で「海だべが」と言ったのは…

岩手山

そらの散乱反射《さんらんはんしや》のなかに
古ぼけて黒くゑぐるもの
ひかりの微塵系列《みぢんけいれつ》の底に
きたなくしろく澱《よど》むもの

1922. 6. 27

『春と修羅』より

高原

海だべがど　おら　おもたれば
やつぱり光る山だたぢやい
ホウ
髪毛《かみけ》　風吹けば
鹿《しし》踊りだぢやい

1922. 6. 27　　『春と修羅』より

岩手山の標高は2014メートル、岩手県の最高峰です。近くで見るその山容は雄大で、「底に」「澱む」ようには見えません。心象スケッチ「岩手山」において、宮澤賢治は岩手のランドマークである岩手山をことさらに小さく表すことで、自らのいる位置を示そうとしているようです。

それは、同じ1922（大正11）年6月27日の日づけを持つ心象スケッチ「高原」の舞台を、明らかにしておく意味もあったでしょう。「高原」では、その場所に立つと海が見える可能性があることも示唆されます。

ふたつの心象スケッチの描写に一致する場所としては、岩手県の太平洋側に広がる北上山地の南部、岩手山から直線距離にして約80キロメートルの位置にある種山が原（現在の呼称は種山高原）が挙げられます。

そのピークである物見山に登ると、周囲をぐるりと見渡すことができます。北に連なる山々のうち、いちだんと高くそびえるのは早池峰山で、西に北上平野を見下ろせば、北上川が水面を光らせて流れています。

南と東には、幾重にも山が連なっていますが、東側の山々の向こうには、定かには見えずとも太平洋が広がっています。そうして遥か北に目を凝らせば、岩手山やそれに連なる七時雨山が、小さなシルエットになって霞むように見えるのです。

この日、賢治はヤスにも美しい風光を体験させようと、ふたりで種山が原を訪れていたのではないでしょうか。

これが、ずいぶんと大胆な推測であることは承知しています。しかし、種山が原の東に海が見えるだろうと期待していた人物が、地質調査で北上山地を歩き慣れた賢治本人とは考えられません。ましてや、ほつれた髪の毛が鹿踊りのように風に揺れるとなれば……。

鹿踊りは、岩手県から宮城県北部に伝わる郷土芸能です。鹿を模した被りものは、たてがみのような長い毛を備えていて、それが踊り手の動きに合わせて激しく揺れます。先に紹介した「春光呪咀」で、ヤスと思しき女性が「髪がくろくて長く」と表現されていたことが、この伏線となっています。

いよいよ物見山の稜線に出て、太平洋側を眺めたとき、ヤスは「海だべが！」と歓声を上げました。「小岩井農場」でしばしば試みていたように、賢治はヤスの愛らしいセリフを心象スケッチに記録していました。「高原」もまた、かけがえのない瞬間を封じ込めた作品だったと思われます。

6月の種山が原は、平地よりも少し遅れて芽吹いた木々の緑が美しく、ところどころにアヤメの花が咲いています。空に手が届きそうに感じられる高原の、透明な光のなかで、爽やかな風に吹かれて笑うヤスの姿は、賢治にとって花のように、いえ、花よりも鮮やかに目に焼きついたことでしょう。

賢治は、「ヤス、ヤス！」と叫びながら、跳ねて踊っていたかも知れません。■

胸の高まりを表わすリズム

原体剣舞連《はらたいけんばひれん》
(mental sketch modified)

dah-dah-dah-dah-dah-sko-dah-dah
こんや異装《いさう》のげん月のした
鶏《とり》の黒尾を頭巾《づきん》にかざり
片刃《かたは》の太刀をひらめかす
原体《はらたい》村の舞手《をどりこ》たちよ
鴇《とき》いろのはるの樹液《じゆえき》を
アルペン農の辛酸《しんさん》に投げ
生《せい》しののめの草いろの火を
高原の風とひかりにさゝげ

『春と修羅』より

菩提樹皮《まだかは》と縄とをまとふ
気圏の戦士わが朋《とも》たちよ
青らみわたる顥気《かうき》をふかみ
楢と椈《ぶな》とのうれひをあつめ
蛇紋山地《じやもんさんち》に篝《かがり》をかかげ
ひのきの髪をうちゆすり
まるめろの匂のそらに
あたらしい星雲を燃せ

dah-dah-sko-dah-dah

肌膚《きふ》を腐植と土にけづらせ
筋骨はつめたい炭酸に粗《あら》び
月月《つきづき》に日光と風とを焦慮し
敬虔に年を累《かさ》ねた師父《しふ》たちよ
こんや銀河と森とのまつり
准《じゆん》平原の天末線《てんまつせん》に

菩提樹皮…シナノキやオオバボダイジュの樹皮。「けら」（蓑）などの材料に用いた

顥気…「顥」は白いという意味を持つ

さらにも強く鼓を鳴らし
うす月の雲をどよませ
　Ho! Ho! Ho!
　　むかし達谷《たった》の悪路王《あくろわう》
　　まつくらくらの二里の洞《ほら》
　　わたるは夢と黒夜神《こくやじん》
　　首は刻まれ漬けられ
アンドロメダもかゞりにゆすれ
　　青い仮面《めん》このこけおどし
　　太刀を浴びてはいつぷかぷ
　　夜風の底の蜘蛛《くも》をどり
　　胃袋はいてぎつたぎた
　　dah-dah-dah-dah-dah-sko-dah-dah
さらにただしく刃《やいば》を合《あ》はせ
霹靂《へきれき》の青火をくだし

達谷の悪路王…達谷窟（たっこくのいわや）に住んでいた首領のこと。坂上田村麻呂が征伐し、毘沙門堂を建立した

いつぷかぷ…水におぼれる様子

四方《しほう》の夜《よる》の鬼神《きじん》をまねき
樹液《じゆえき》もふるふこの夜《よ》さひとよ
赤ひたたれを地にひるがへし
雹雲《ひょううん》と風とをまつれ
　dah-dah-dah-dahh
夜風《よかぜ》とどろきひのきはみだれ
月は射《い》そそぐ銀の矢並
打つも果《は》てるも火花のいのち
太刀の軋《きし》りの消えぬひま
　dah-dah-dah-dah-dah-sko-dah-dah
太刀は稲妻萓穂《いなづまかやぼ》のさやぎ
獅子の星座《せいざ》に散る火の雨の
消えてあとない天《あま》のがはら
打つも果てるもひとつのいのち
　dah-dah-dah-dah-dah-sko-dah-dah

1922. 8. 31

まずは声に出して読み、全編を貫く勇壮なリズムを存分に味わってください。

この心象スケッチには、１９２２（大正11）年８月31日の日づけが添えられていますが、賢治が実際に剣舞を見たのは、１９１７（大正６）年の９月のはじめごろと考えられています。このとき賢治は盛岡高等農林学校の学生で、種山が原を含む江刺郡（現在の奥州市江刺）の地質調査に訪れ、原体剣舞連を含むいくつかの剣舞を見ました。剣舞は鹿踊りと同様、岩手県で広く伝承されている郷土芸能です。

賢治は江刺郡の地質調査で民家に投宿したり立ち寄ったりした経験を、「泉ある家」や「十六日」という初期短編に記しています。「ダーダーダーダーダースコダーダー」という囃し言葉がはじめて出てくるのは、「泉ある家」においてです。読んでいただくと分かりますが、学生時代のこれらの短編で、賢治はエロティックな感情を隠しません。

５年前と時間的な隔たりがあるため、「原体剣舞連」には例によって（mental sketch modified）と書き添えられました。あるいは賢治は、１９２２年の８月にも実際に種山が原に行っていたのかも知れませんが、このころの気分の高揚を表すには、「ヤースコヤーヤー」と同じ母音を持つ「ダースコダーダー」という音を必要としたのでしょう。

ヤスへの賢治の思いは、「打つも果てるもひとつのいのち」という1行に滲《にじ》みます。賢治の胸は、自身が剣舞の舞手になったかのように高鳴っていたものと思われます。■

ダースコダーダー

初期短編「泉ある家」より、「ダーダーダーダーダースコダーダー」という囃し言葉が登場する部分を紹介します。裕福な家の育ちであるとの自覚からでしょう、このような散文作品において、賢治は自身を「富沢」との名で表します。

　ダーダーダーダーダースコダーダー

　強い老人らしい声が剣舞の囃しを叫ぶのにびっくりして富沢は目をさました。台所の方で誰か三四人の声ががやがやしてゐるそのなかでそのなかでいまの声がしたのだ。

　ラムプがいつか心をすっかり細められて障子には月の光が斜めに青じろく射してゐる。盆の十六日の次の夜なので剣舞の太鼓でも叩いたぢいさんらなのかそれともさっきのこのうちの主人なのかどっちともわからなかった。

（抜粋）

君去りしのち

若き耕地課技手のIrisに対するレシタティヴ

測量班の人たちから
ふた、びひとりわたくしははなれて
このうつくしい山上の平を帰りながら
いちめん濃艶な紫いろに
日に匂ふかきつばたの花を
何十となく訪ねて来た
尖ったトランシットだの
だんだらのポールなどもって
白堊紀からの日がかゞよひ
古代のままのなだらをたもつ

「春と修羅　第三集」異稿より

レシタティブ…イタリア語の recitativo の意。オペラなどで叙述や会話に用いられる朗読調の歌唱のこと

この高原にやってきて
路線や圃地《ほち》を截りとったり
あちこち古びて苔むした
岩を析《さ》いたりしたあげく
二枚の地図をこしらへあげる
これはきらゝかな青ぞらの下で
一つの巨きな原罪とこそ云ふべきである
あしたはふるふモートルと
にぶくかゞやく開墾の犁《プラウ》が
このふくよかな原生の壌土を
無数の条に反転すれば
これらのまこと丈高く
靱《しな》ふ花軸の幾百や
青い蠟とも絹とも見える
この一一の花蓋《かがい》の変異

さては寂しい黄の蕋《しべ》は
みなその中にうづもれて
まもなく黒い腐食に変る
じつにわたくしはこの冽らかな南の風や
あらゆるやるせない撫や触や
はてない愛惜を花群に投げ
二列のひくい硅板岩に囲まれて
たゞ恍として青ぞらにのぞむ
このうつくしい草はらは
高く粗剛なもろこしや
水いろをしたオートを載せ
向ふのはんの林のかげや
くちなしいろの羊歯《しだ》の氈《せん》には
粗く質素な移住の小屋が建つだらう
とは云へそのときこれらの花は

氈…毛織の敷物。毛氈（もうせん）

無心にうたふ唇や
円《まど》かに赤い頬ともなれば
頭を明るい巾につゝみ
黒いすもゝの実をちぎる
やさしい腕にもかはるであらう
むしろわたくしはそのまだ来ぬ人の名を
このきらゝかな南の風に
いくたびイリスと呼びながら
むらがる青い花紅のなかに
ふたゝび地図を調へて
測量班の赤い旗が
原の向ふにあらはれるのを
ひとりたのしく待ってゐよう

ここからは『春と修羅』から離れ、少し時間が経過したのちの心象スケッチを見てみることにいたします。１９２５（大正14）年の7月19日、測量団とともに種山が原を訪れた賢治は、未完成のものや推敲途中のものも含めて、「種山が原詩群」と呼ばれるほど多くの心象スケッチを残しました。紹介したのはそのうちのひとつで、日づけは添えられていませんが、内容から同じ日の思い出と考えてよいでしょう。

賢治との結婚を諦めたヤスは、違う男性との縁談を受け入れ、１９２４（大正13）年6月に横浜港から船に乗り、アメリカのシカゴに移住していました。アメリカと言えば、賢治もまた教え子の前で地図を広げ、「俺はアメリカで農業をしたいんだよ」と語ったと伝えられる国です。

ヤスの渡米から1年。賢治は懐かしい種山が原の風光に包まれ、カキツバタの花に向かって語り出しています。イリスはアイリスとも読み、カキツバタやアヤメのなかまの学名です。先駆形とは、これからまた改稿される途中のものですが、うしろ14行（78ページ「とは云へ…」から）の溢れる情感が美しく、わたしはこれを最終稿にしたい気がいたします。

長いあいだ、女性とは縁のなかった人生を送ってきたと信じられていた賢治が、「黒いすもゝの実をちぎる／やさしい腕」を知っていたことに、深い安堵を覚えずにはいられないのです。■

置き忘れた草

賢治にとって種山が原は、忘れ得ぬ思い出の地でした。1924（大正13）年の8月には、花巻農学校の生徒たちと「種山ヶ原の夜」という音楽劇を上演していますが、その挿入歌のひとつに「牧歌」があります。刈っておきながら置き忘れた「せ高の芒《すすき》あざみ」とは、やはりヤスを指しているのでしょう。ヤスはすらりと背の高い女性でした。

種山ヶ原の　雲の中で刈った草は
どごさが置いだが　忘れだ　雨ぁふる
種山ヶ原の　せ高の芒あざみ
刈ってで置ぎ　わすれで雨ふる　雨ふる

（抜粋）

ジャズはヤス

岩手軽便鉄道　七月（ジャズ）

ぎざぎざの班糲岩《はんれいがん》の岨《そま》づたひ
膠質《こうしつ》のつめたい波をながす
北上第七支流の岸を
せはしく顫《ふる》へたびたびひどくはねあがり
まっしぐらに西の野原に奔《か》けおりる
岩手軽便鉄道の
今日の終りの列車である
ことさらにまぶしさうな眼つきをして
夏らしいラヴスィンをつくらうが
うつうつとしてイリドスミンの鉱床などを考へようが

「春と修羅　第二集」より

班糲岩…マグマが地下深くでゆっくり固まってできる深成岩の一つ

岨…きりたった険しいところ

イリドスミン…イリジウムを含む自然オスミウムのかつての呼称。万年筆のペン先の材料に使われ、当時は国産万年筆が登場したことから賢治も注目していた

木影もすべり
種山あたり雷の微塵をかがやかし
列車はごうごう走ってゆく
おほまつよひぐさの群落や
イリスの青い火のなかを
狂気のやうに踊りながら
第三紀末の紅い巨礫層の截《き》り割りでも
ディアラヂットの崖みちでも
一つや二つ岩が線路にこぼれてようと
積雲が灼けようと崩れようと
こちらは全線の終列車
シグナルもタブレットもあったもんでなく
とび乗りのできないやつは乗せないし
とび降りぐらゐやれないものは
もうどこまでも連れて行って

ディアラヂット…鉱物の一種、異剥輝石（いはくきせき）のこと。diallage（ダイアレージ）

タブレット…列車の単線区間で衝突事故を防ぐための「通行手形」。通票（タブレット）と呼ばれ、金属製の円盤でできている

北極あたりの大避暑市でおろしたり
銀河の発電所や西のちぢれた鉛の雲の鉱山あたり
ふしぎな仕事に案内したり
谷間の風も白い花火もごっちゃごちゃ
接吻《キス》をしようと詐欺をやらうと
ごとごとぶるぶるゆれて顫へる窓の玻璃《ガラス》
二町五町の山ばたも
壊れかかった香魚《あゆ》やなも
どんどんうしろへ飛ばしてしまって
ただ一さんに野原をさしてかけおりる
　本社の西行各列車は
　運行敢《あえ》て軌《き》によらざれば
　振動けだし常ならず
　されどまたよく鬱血《うつけつ》をもみさげ
　……Prrrrr Pirr！……

心肝をもみほごすが故に
のぼせ性こり性の人に効あり
さうだやっぱりイリドスミンや白金鉱区《やま》の目論見は
鉱染よりは砂鉱の方でたてるのだった
それともいちど阿原峠や江刺堺を洗ってみるか
いいやあっちは到底おれの根気の外だと考へようが
恋はやさし野べの花よ
一生わたくしかはりませんと
騎士の誓約強いベースで鳴りひびかうが
そいつもこいつもみんな地塊の夏の泡
いるかのやうに踊りながらはねあがりながら
もう積雲の焦げたトンネルも通り抜け
緑青を吐く松の林も
続々うしろへたたんでしまって
なほいっしんに野原をさしてかけおりる

わが親愛なる布佐機関手が運転する
岩手軽便鉄道の
最後の下り列車である

1925. 7. 19

「春と修羅　第二集」所収の「岩手軽便鉄道　七月（ジャズ）」は、「種山が原詩群」と同じ日づけを持ちます。賢治は種山が原での地質調査の帰りに、遠野側に下りて花巻行きの岩手軽便鉄道に乗ると、ジャズのリズムでスイングしているのでした。

ジャズは、アメリカ南部のニューオリンズで奴隷にされていた人々のあいだで生まれた音楽です。１９１７年にストーリービルという歓楽街が閉鎖されると、人びとはシカゴに移動しました。シカゴではアル・カポネが暗躍しており、禁酒法下でも多くの地下酒場がありました。結果としてジャズは、シカゴで発展することになります。

シカゴと言えば、渡米したヤスの暮らす街。しかも「ジャズ」という言葉は、ヤスの名前と同じ母音を持っています。賢治は、日本でいち早くジャズをとり上げた作家のひとりとして知られていますが、ジャズという音楽に関心を寄せ、作中に記そうとする動機が、賢治にはあり過ぎるほどありました。

ヤスが去っても、賢治の胸からその面影は消えません。賢治は１９２６（大正15）年の8月に、この心象スケッチを改稿した「『ジャズ』夏のはなしです」を草野心平の主宰する『銅鑼』に寄稿します。そのなかには「梨をたべてもすこしもうまいことはない／何せ匂ひがみんなうしろに残るのだ」との2行が。岩手弁でナシは「ナス」と訛ってヤスと母音を同じくします。賢治はしばしば、ヤスをナシに例えます。■

クラムボンは恋する賢治自身

ヤスとの恋が暗礁に乗り上げると、賢治は1923（大正12）年4月8日、種山が原が舞台と思われる童話「やまなし」を岩手毎日新聞（当時）に発表します。『クラムボンはわらつたよ。』／『クラムボンはかぷかぷわらつたよ。』／『クラムボンは跳てわらつたよ。』と2匹の蟹の子どもがくり返し口にする「クラムボン」とは、はたして何なのでしょう。

ヒントはやはり押韻です。賢治は「やまなし」というタイトルの「し」を「す」と訛らせたうえで、ヤスの名前を隠していました。しかも「かぷかぷ」はヤスと同じ「a音→u音」のくり返しです。クラムボンは「ヤス、ヤス」と笑っていました。

クラムボンの意味を探るなかで、わたしは辞書で「crambo」という英単語を見つけました。読みは「クラムボウ」、意味は「韻を踏む言葉を探す遊び」とあります。するとクラムボンの意味は、「韻を踏む言葉を探す者」すなわち「恋する賢治自身」を表すのではないかと思い至りました。クラムボウがクラムボンの連想源である可能性は、すでに指摘されていました。しかしわたしは、賢治がヤスの名前を母音で押韻する言葉に隠していたという事実をもって、はじめて深く納得することができたのです。

賢治は感動すると、「ほほーっ」と声を上げて跳ねると、多くの教え子が証言しています。まだ幸せのなかにいたふたりを見守っていたのは、種山が原の清らかな流れと、そこに息づく小さな命だったのでしょう。種山が原もまた、賢治の恋の聖地です。

Ⅳ　オホーツク挽歌

北の海辺で悲しみが透き通る

美しく磨かれた『春と修羅』の宝石

永訣の朝

けふのうちに
とほくへいつてしまふわたくしのいもうとよ
みぞれがふつておもてはへんにあかるいのだ
　（あめゆじゆとてちてけんじや）
うすあかくいつそう陰惨《いんざん》な雲から
みぞれはびちよびちよふつてくる
　（あめゆじゆとてちてけんじや）
青い蓴菜《じゆんさい》のもやうのついた
これらふたつのかけた陶椀《たうわん》に
おまへがたべるあめゆきをとらうとして

『春と修羅』より

わたくしはまがつたてつぱうだまのやうに
このくらいみぞれのなかに飛びだした
　　（あめゆじゆとてちてけんじや）
蒼鉛《さうえん》いろの暗い雲から
みぞれはびちよびちよ沈んでくる
ああとし子
死ぬといふいまごろになつて
わたくしをいつしやうあかるくするために
こんなさつぱりした雪のひとわんを
おまへはわたくしにたのんだのだ
ありがたうわたくしのけなげないもうとよ
わたくしもまつすぐにすすんでいくから
　　（あめゆじゆとてちてけんじや）
はげしいはげしい熱やあへぎのあひだから

おまへはわたくしにたのんだのだ
　銀河や太陽　気圏などとよばれたせかいの
そらからおちた雪のさいごのひとわんを……
……ふたきれのみかげせきざいに
みぞれはさびしくたまつてゐる
わたくしはそのうへにあぶなくたち
雪と水とのまつしろな二相系《にさうけい》をたもち
すきとほるつめたい雫にみちた
このつややかな松のえだから
わたくしのやさしいいもうとの
さいごのたべものをもらつていかう
わたしたちがいつしよにそだつてきたあひだ
みなれたちやわんのこの藍のもやうにも
もうけふおまへはわかれてしまふ

（Ora Orade Shitori egumo）
ほんたうにけふおまへはわかれてしまふ
あああのとざされた病室の
くらいびやうぶやかやのなかに
やさしくあをじろく燃えてゐる
わたくしのけなげないもうとよ
この雪はどこをえらばうにも
あんまりどこもまつしろなのだ
あんなおそろしいみだれたそらから
このうつくしい雪がきたのだ
　　（うまれでくるたて
　　　こんどはこたにわりやのごとばかりで
　　　くるしまなあよにうまれてくる）
おまへがたべるこのふたわんのゆきに

わたくしはいまこころからいのる
どうかこれが天上のアイスクリームになつて
おまへとみんなとに聖い資糧をもたらすやうに
わたくしのすべてのさいはひをかけてねがふ

1922. 11. 27

1922（大正11）年の11月27日、賢治より2歳年下の妹トシが、24歳の若さでこの世を去りました。

トシは、浄土真宗を信じる家族のなかで、ただひとり法華経を信仰するようになった兄を理解し、自らも改宗するなど、賢治にとってかけがえのない存在でした。日本女子大学を卒業すると、花巻高等女学校で後輩の指導に当たっていました。

『春と修羅』には、理解しにくい心象スケッチも少なくないなか、トシの命日の日づけを持つ「永訣の朝」「松の針」「無声慟哭」は、誰が読んでも分かりやすいよう表現が吟味されています。難解な作品を、研磨を拒む原石や溶岩に例えるなら、「永訣の朝」は、親しく触れることが許された宝石のようです。悲しみのなかにも、磨き上げられた水晶に似た柔らかな輝きを放っています。

その分かりやすさの理由のひとつは、トシが妹であり、名前を隠す必要がなかったことでしょう。また、冒頭3行の平仮名の並びを見ると、声に出して読んだときの静かな美しさが、字面からも視覚的に伝わってきます。（あめゆじゆとてちてけんじや）という方言のセリフを平仮名で書き、末尾に「賢治や」という文字列を入れたのは、言葉にいくつもの意味を持たせようという賢治ならではの試みでしょう。

「永訣の朝」により、トシは多くの人びとの記憶に刻まれる存在となりました。■

悲しみのなかでほかのひとのことを考えていた

松の針

さつきのみぞれをとつてきた
あのきれいな松のえだだよ
おお　おまへはまるでとびつくやうに
そのみどりの葉にあつい頬をあてる
そんな植物性の青い針のなかに
はげしく頬を刺させることは
むさぼるやうにさへすることは
どんなにわたくしたちをおどろかすことか
そんなにまでもおまへは林へ行きたかつたのだ
おまへがあんなにねつに燃され

『春と修羅』より

あせやいたみでもだえてゐるとき
わたくしは日のてるとこでたのしくはたらいたり
ほかのひとのことをかんがへながら森をあるいてゐた
（ああいい　さつぱりした
まるで林のながさ来たよだ）
鳥のやうに栗鼠《りす》のやうに
おまへは林をしたつてゐた
どんなにわたくしがうらやましかつたらう
ああけふのうちにとほくへさらうとするいもうとよ
ほんたうにおまへはひとりでいかうとするか
わたくしにいつしよに行けとたのんでくれ
泣いてわたくしにさう言つてくれ
おまへの頬の　けれども
なんといふけふのうつくしさよ
わたくしは緑のかやのうへにも

この新鮮な松のえだをおかう
いまに雫もおちるだらうし
そら
さはやかな
terpentine《ターペンティン》の匂もするだらう

1922. 11. 27

terpentine…主に松から作る「テレビン油」のこと

注目すべきは、「ほかのひとのことをかんがへながら森をあるいてゐた」という1行でしょう。賢治はトシへの愛を語ったうえで、自分にはもうひとり、愛の対象がいるのだと匂わせているのです。もう改めて言うまでもありませんが、「松」はヤスの名前、「針」は「愛」と、それぞれ母音を同じくします。

『春と修羅』収録作の多くは、日づけが（　）内に記されていますが、リアルタイムで書かれたものではないなどの理由で、タイトルに（mental sketch modified）と書き添えられた作品の日づけは《　》に入れられています。そしてトシが亡くなった日の日づけを持つ「永訣の朝」「松の針」「無声慟哭」の3作は、（mental sketch modified）とは書かれていませんが、その日づけは《　》に入れられています。

このことは、トシの臨終に際する心象スケッチもまた、のちにじっくりと仕上げられたことを意味するのだろうと、わたしは考えています。「永訣の朝」が、緻密に練り上げられた美しさを持つことや、「松の針」に「ほかのひと」などという、ヤスを暗示する言葉が挿入されていることは、トシを失った悲しみのなかで書かれたにしては、ごく冷静な印象を受けます。

トシの死を悼むとともに、自らの秘められた恋をも記録したこれらの心象スケッチを、後世まで読み継がれる作品にするため、賢治は時間をかけて吟味したのでしょう。■

悲しみに心乱れ言葉を失う

無声慟哭

こんなにみんなにみまもられながら
おまへはまだここでくるしまなければならないか
ああ巨きな信のちからからことさらにはなれ
また純粋やちひさな徳性のかずをうしなひ
わたくしが青ぐらい修羅をあるいてゐるとき
おまへはじぶんにさだめられたみちを
ひとりさびしく往かうとするか
信仰を一つにするたつたひとりのみちづれのわたくしが
あかるくつめたい精進《しやうじん》のみちからかなしくつかれてゐて
毒草や蛍光菌のくらい野原をただよふとき

『春と修羅』より

おまへはひとりどこへ行かうとするのだ
（おら　おかないふうしてらべ）
何といふあきらめたやうな悲痛なわらひやうをしながら
またわたくしのどんなちひさな表情も
けつして見遁さないやうにしながら
おまへはけなげに母に訊《き》くのだ
（うんにや　ずゐぶん立派だぢやい
けふはほんとに立派だぢやい）
ほんたうにさうだ
髪だつていつそうくろいし
まるでこどもの苹果《りんご》の頬だ
どうかきれいな頬をして
あたらしく天にうまれてくれ
（それでもからだくさえがべ？）
（うんにや　いつかう）

ほんたうにそんなことはない
かへつてここはなつののはらの
ちひさな白い花の匂でいつぱいだから
ただわたくしはそれをいま言へないのだ
（わたくしは修羅をあるいてゐるのだから）
わたくしのかなしさうな眼をしてゐるのは
わたくしのふたつのこころをみつめてゐるためだ
ああそんなに
かなしく眼をそらしてはいけない

1922. 11. 27

病に倒れたトシは、宮澤家の別邸で療養していましたが、いよいよ容体が重くなった11月19日に実家に運ばれ、26日に危篤に陥ります。

27日の夕方、トシはいくぶん元気をとり戻したかに見え、母イチにお粥を食べさせてもらいました。ところが夜になって状態が悪化し、「耳、ごうと鳴るじゃい」と小さくつぶやくと、そのまま息を引きとったと伝えられます。

旅立とうとするトシに、賢治はかける言葉もありません。途方もない悲しみに襲われたとき、思いが交錯して声が出ないことは誰にもあります。「無声慟哭」とは、じつに的を射た表現です。このとき賢治の胸を占めていた「ふたつのこころ」とは、トシの死を悼む気持ちと、ヤスとの恋の行方を案ずる気持ちだったに違いありません。

ヤスとの恋の行く手が阻まれたのは、トシの容体が悪化したころと推察されます。ヤスの親族は、ヤスの母である大畠潤が、賢治との結婚を許さなかったと証言しています。賢治にしてみれば、結婚不適格者の烙印を押されたように感じたでしょう。また教え子には、自分が結婚しない理由として、トシの病を口にしたことがあったそうです。

しかし潤は、夜遅くに帰宅したヤスが倒れて喀血したのを見ていました。そしてそれを、誰にも語りませんでした。これはわたしの推測ですが、ヤスの母は、病を知りながら娘を嫁がせるわけにはいかないと、心を鬼にして結婚に反対したのではないでしょうか。■

背中を屈めるカシワの木は

風　林

（かしはのなかには鳥の巣がない
　あんまりがさがさ鳴るためだ）
ここは艸《くさ》があんまり粗《あら》く
とほいそらから空気をすひ
おもひきり倒れるにてきしない
そこに水いろによこたはり
一列生徒らがやすんでゐる
　（かげはよると亜鉛とから合成される）
それをうしろに
わたくしはこの草にからだを投げる

『春と修羅』より

月はいましだいに銀のアトムをうしなひ
かしははせなかをくろくかがめる
柳沢《やなぎさは》の杉はコロイドよりもなつかしく
ばうずの沼森《ぬまもり》のむかふには
騎兵聯隊《れんたい》の灯も澱んでゐる
（ああおらはあど死んでもいい）
（おらも死んでもいい）
　　（それはしよんぼりたつてゐる宮沢か
　　さうでなければ小田島国友
　　　　向ふの柏木立のうしろの闇が
　　　　きらきらつといま顫《ふる》へたのは
　　　　Egmont Overture にちがひない
　　たれがそんなことを云つたかは
　　わたくしはむしろかんがへないでいい）
（伝さん　しやつつ何枚　三枚着たの）

Egmont Overture…ベートーベン作曲の「エグモント」序曲のこと

せいの高くひとのいい佐藤伝四郎は
月光の反照のにぶいたそがれのなかに
しやつのぼたんをはめながら
きつと口をまげてわらつてゐる
降つてくるものはよるの微塵や風のかけら
よこに鉛の針になつてながれるものは月光のにぶ
（ほお　おら……）
言ひかけてなぜ掘田はやめるのか
おしまひの声もさびしく反響してゐるし
さういふことはいへばいい
　（言はないなら手帳へ書くのだ）
とし子とし子
野原へ来れば
また風の中に立てば
きつとおまへをおもひだす

おまへはその巨きな木星のうへに居るのか
鋼青壮麗のそらのむかふ
（ああけれどもそのどこかも知れない空間で
光の紐やオーケストラがほんたうにあるのか
…………此処《こご》あ日《ひ》あ永《な》あがくて
一日《いちにち》のうちの何時《いづ》だがもわがらないで……
ただひときれのおまへからの通信が
いつか汽車のなかでわたくしにとどいただけだ）
とし子　わたくしは高く呼んでみようか
（手凍《かげ》えだ）
（手凍えだ？
俊夫ゆぐ凍えるな
こなひだもボダンおれさ掛げらせだぢやい）
俊夫といふのはどつちだらう　川村だらうか
あの青ざめた喜劇の天才「植物医師」の一役者

わたくしははね起きなければならない
《おゝ　俊夫てどつちの俊夫》
《川村》
やつぱりさうだ
月光は柏のむれをうきたたせ
かしははいちめんさらさらと鳴る

1923. 6. 3

心象スケッチ「風林」に添えられた日づけは1923（大正12）年6月3日で、「無声慟哭」から半年の月日が流れています。その間、『春と修羅』の心象スケッチは空白ですが、これは賢治が、何も書かなかったことを意味するものではありません。

賢治は大正12年の4月8日に岩手毎日新聞に「やまなし」を掲載すると、同15日に「氷河鼠の毛皮」を、さらに5月11日からは2回の休載を挟み11回に分けて「シグナルとシグナレス」を連載します。「シグナルとシグナレス」は鉄道線路の傍らに立つ信号機の恋物語で、賢治とヤスの恋がモチーフと思われます。このなかで、恋するふたりは周囲から反対されていますが、まだ、どこかでふたりで暮らしたいという夢を見ています。

しかし「風林」では、冒頭の2行（かしはのなかには鳥の巣がない／あんまりがさがさ鳴るためだ）が、ヤスとの決定的な別離があったことを物語っています。（言はないなら手帳へ書くのだ）という独白があるように、この2行の謎は、賢治が死期を悟ってから「雨ニモマケズ」とともに手帳に書き残す文語詩で明らかになります。ところどころに挟まれるカシワの描写が、賢治自身を彷彿とさせることは、その伏線となっています。

トシを悼む部分の分かりやすさは、ここでも健在です。賢治は花巻農学校の生徒たちと岩手山麓を訪れ、失ったふたりの女性を思っているのでした。このあと賢治が作品に登場させる妹のイメージには、影のように恋人のイメージが寄り添います。■

自然のなかで悲しみが透き通ってゆく

オホーツク挽歌

海面は朝の炭酸のためにすつかり銹びた
緑青《ろくしやう》のところもあれば藍銅鉱《アズライト》のところもある
むかふの波のちゞれたあたりはずゐぶんひどい瑠璃液《るりえき》だ
チモシイの穂がこんなにみじかくなつて
かはるがはるかぜにふかれてゐる
（それは青いいろのピアノの鍵で
かはるがはる風に押されてゐる）
あるいはみじかい変種だらう
しづくのなかに朝顔が咲いてゐる
モーニンググローリのそのグローリ

『春と修羅』より

藍銅鉱…azurite（アズライト）の和名で、読みは「らんどうこう」。鮮やかな青が特徴で、古くから顔料や染料として使われてきた

チモシイ…イネ科の牧草チモシー。和名はオオアワガエリ。明治初期に牧草として輸入された

モーニンググローリ…アサガオの英語名（morning glory）。gloryには栄光、名誉の他に後光という意味もある

いまさつきの曠原風《こうげん》の荷馬車がくる
年老つた白い重挽馬《ばんば》は首を垂れ
またこの男のひとのよさは
わたくしがさつきあのがらんとした町かどで
浜のいちばん賑やかなとこはどこですかときいた時
そつちだらう　向ふには行つたことがないからと
さう云つたことでもよくわかる
いまわたくしを親切なよこ目でみて
（その小さなレンズには
　たしか樺太の白い雲もうつつてゐる）
朝顔よりはむしろ牡丹《ピオネア》のやうにみえる
おほきなはまばらの花だ
まつ赤な朝のはまなすの花です
ああこれらのするどい花のにほひは
もうどうしても　妖精のしわざだ

無数の藍いろの蝶をもたらし
またちひさな黄金の槍の穂
軟玉の花瓶や青い簾《すだれ》
それにあんまり雲がひかるので
たのしく激しいめまぐるしさ
　馬のひづめの痕が二つづつ
ぬれて寂まつた褐砂の上についてゐる
もちろん馬だけ行つたのではない
　広い荷馬車のわだちは
　こんなに淡いひとつづり
波の来たあとの白い細い線に
小さな蚊が三疋さまよひ
またほのぼのと吹きとばされ
貝殻のいぢらしくも白いかけら
萓草《かんぞう》の青い花軸が半分砂に埋もれ

波はよせるし砂を巻くし

白い片岩類の小砂利に倒れ
波できれいにみがかれた
ひときれの貝殻を口に含み
わたくしはしばらくねむらうとおもふ
なぜならさつきあの熟した黒い実のついた
まつ青なこけものの上等の敷物《カーペット》と
おほきな赤いはまばらの花と
不思議な釣鐘草《ブリーベル》とのなかで
サガレンの朝の妖精にやつた
透明なわたくしのエネルギーを
いまこれらの濤のおとや
しめつたにほひのいい風や

サガレン……サハリン（樺太）のこと

雲のひかりから恢復《かいふく》しなければならないから
それにだいいちいまわたくしの心象は
つかれのためにすつかり青ざめて
眩ゆい緑金にさへなつてゐるのだ
日射しや幾重の暗いそらからは
あやしい鑵鼓《かんこ》の蕩音さへする

わびしい草穂やひかりのもや
緑青《ろくしやう》は水平線までうららかに延び
雲の累帯《るいたい》構造のつぎ目から
一きれのぞく天の青
強くもわたくしの胸は刺されてゐる
それらの二つの青いいろは
どちらもとし子のもつてゐた特性だ

鑵鼓の蕩音…鑵は金属製の筒や容器の意。金属製の鼓の音が響く様子を表したか

累帯構造…鉱物の結晶の状態の一つ。異なる雲が混在している様子を表したか

わたくしが樺太のひとのない海岸を
ひとり歩いたり疲れて睡つたりしてゐるとき
とし子はあの青いところのはてにゐて
なにをしてゐるのかわからない
とゞ松やえぞ松の荒さんだ幹や枝が
ごちやごちや漂ひ置かれたその向ふで
波はなんべんも巻いてゐる
その巻くために砂が湧き
潮水はさびしく濁つてゐる
（十一時十五分　その蒼じろく光る盤面《ダイアル》）
鳥は雲のこつちを上下する
ここから今朝舟が滑つて行つたのだ
砂に刻まれたその船底の痕と
巨きな横の台木のくぼみ
それはひとつの曲つた十字架だ

幾本かの小さな木片で
HELL と書きそれを LOVE となほし
ひとつの十字架をたてることは
よくたれでもがやる技術なので
とし子がそれをならべたとき
わたくしはつめたくわらつた
　（貝がひときれ砂にうづもれ
　　白いそのふちばかり出てゐる）
やうやく乾いたばかりのこまかな砂が
この十字架の刻みのなかをながれ
いまはもうどんどん流れてゐる
海がこんなに青いのに
わたくしがまだとし子のことを考へてゐると
なぜおまへはそんなにひとりばかりの妹を
悼んでゐるかと遠いひとびとの表情が言ひ

またわたくしのなかでいふ
（Casual observer！ Superficial traveler！）
空があんまり光ればかへつてがらんと暗くみえ
いまするどい羽をした三羽の鳥が飛んでくる
あんなにかなしく啼きだした
なにかしらせをもつてきたのか
わたくしの片つ方のあたまは痛く
遠くなつた栄浜の屋根はひらめき
鳥はただ一羽硝子笛を吹いて
玉髄の雲に漂つていく
町やはとばのきららかさ
その背のなだらかな丘陵の鴇いろは
いちめんのやなぎらんの花だ
爽やかな苹果青《りんごせい》の草地と
黒緑とどまつの列

Casual observer…気まぐれな観察者の意か
Superficial traveler…浅はかな旅人の意か

（ナモサダルマプフンダリカサスートラ）
五匹のちひさないそしぎが
海の巻いてくるときは
よちよちとはせて遁げ
（ナモサダルマプフンダリカサスートラ）
浪がたひらにひくときは
砂の鏡のうへを
よちよちとはせてでる

1923. 8. 4

1922（大正12）年の7月31日から8月12日、賢治は生徒の就職を依頼するため、青森、北海道を経由して樺太（現サハリン）の豊原市（現ユジノサハリンスク）の王子製紙に赴きました。

旅をすると、誰しも感傷的になるものです。賢治も北方の海原にトシの面影を重ね、「青森挽歌」など五つの挽歌を残しました。そのうちここでは、海岸風景の描写が印象的な「オホーツク挽歌」をとり上げました。8月4日と推定されるこの日、賢治は豊原から樺太鉄道に乗って北上し、栄浜を訪れていました。

風に揺れるチモシーグラス、ハマナスの花と藍色の蝶、波に磨かれた貝殻と、巻いては引く波、鏡のように光る砂、波の去来に合わせ小走りに歩くイソシギたち。これらの光景は、いまでも野趣の残る砂浜を歩けば体験できるものですが、追体験してみれば、賢治の自然描写の美しさが、改めて胸に迫るものと思われます。

「幾本かの小さな木片で／HELL と書きそれを LOVE となほし／ひとつの十字架をたてることは」との3行からは、トシもまた女学校時代に恋をして、失恋したのみならず、花巻という小さな町の噂になってしまったことを想起させます。それは賢治にとって、どんなにか痛ましい出来事だったでしょう。

この世を去ったトシと、賢治とともに生きる夢を諦めたヤス。愛しいふたりを失った賢治の胸いっぱいの悲しみが、自然のなかで透き通ってゆくように感じられます。■

（Ora Orade Shitori egumo）はローマ字に変えられた

周囲に反対され、追い詰められた賢治とヤスは、（ふたりでアメリカに渡ろう）と話し合ったことがあったのではないかと、わたしは推測しています。ふたりの恋がモチーフと思われる「シグナルとシグナレス」には、反対する親戚を説得しようとする「倉庫の屋根」なる人物が登場して、夢のなかでふたりを不思議な星へと誘います。

　シグナルが言います。「一体あの十三連なる青い星は前どこにあつたのでせう、こんな星は見たことも聞いたこともありませんね。僕たちぜんたいどこに来たんでせうね」。アメリカ国旗の星の数は州の数を表し、国旗ができたときの州数は13でした。実際には青地に白抜きですが、「十三連なる青い星」はアメリカを暗喩していると読み解けます。

　賢治とヤスが、いちどは駆け落ちしてでも結婚したいと考え、移住先の候補のひとつにアメリカがあったとしたら、賢治との恋を諦めたヤスが、遠くアメリカに渡ってしまった理由が、理解できるように思います。ふたりで夢見たアメリカの土を、自分の足で踏んでみたい。「賢さんが行かなくても、おらは、おらひとりでも行くからね」と……。

　思い出すのは「永訣の朝」にトシの最期の言葉として記された（Ora Orade Shitori egumo）です。この1行は、はじめは平仮名で書かれていましたが、途中でローマ字に変えられたことが分かっています。賢治はローマ字にすることで、アルファベットを用いる国に渡ったヤスの言葉でもあることを、示そうとしたのではないでしょうか。

V

一本木野

失われた恋から銀河鉄道へ

ひとの名前をなんべんも

マサニエロ

城のすすきの波の上には
伊太利亜製の空間がある
そこで烏の群が踊る
白雲母《しろうんも》のくもの幾きれ
（濠と橄欖天鵞絨《かんらんびろうど》　杉）
ぐみの木かそんなにひかつてゆするもの
七つの銀のすすきの穂
（お城の下の桐畑でも　ゆれてゐるゆれてゐる　桐が）
赤い蓼《たで》の花もうごく
すゞめ　すゞめ

『春と修羅』より

ゆつくり杉に飛んで稲にはひる
そこはどての陰で気流もないので
そんなにゆつくり飛べるのだ
（なんだか風と悲しさのために胸がつまる）
ひとの名前をなんべんも
風のなかで繰り返してさしつかへないか
（もうみんな鍬や縄をもち
崖をおりてきてい丶ころだ）
いまは鳥のないしづかなそらに
またからすが横からはひる
屋根は矩形《くけい》で傾斜白くひかり
こどもがふたりかけて行く
羽織をかざしてかける日本の子供ら
こんどは茶いろの雀どもの抛物線《ほうぶつせん》
金属製の桑のこつちを

もひとりこどもがゆつくり行く
蘆の穂は赤い赤い
（ロシヤだよ　チエホフだよ）
はこやなぎ　しつかりゆれろゆれろ
（ロシヤだよ　ロシヤだよ）
烏がもいちど飛びあがる
稀硫酸の中の亜鉛屑は烏のむれ
お城の上のそらはこんどは支那のそら
烏三疋杉をすべり
四疋になつて旋転する

1922. 10. 10

前章から少し時を遡ります。「マサニエロ」の日づけは1922（大正11）年10月10日、おそらくはトシの病が悪化して、賢治の恋に暗雲が垂れ込めたころのことです。この日、賢治は農学校の裏手にある花巻城址に足を運んでいました。凝った表現も散見されますが、書かれているのは城址から見たまわりの景色です。

タイトルの「マサニエロ」は、賢治が持っていた「スイミングワルツ」というレコードの裏面に収録されていた曲で、イタリアが舞台でした。それを受けて賢治は、「城のすすきの波の上には／伊太利亜製の空間がある」と書き出しています。あとに続くロシヤや中国についても、賢治はロシアの作曲家ニコライ・リムスキー＝コルサコフの「シェエラザード」や、「天女散花」などのレコードを所有しています。

賢治は、ヤスと出会ったレコード・コンサートを思い出しているのです。「ひとの名前をなんべんも／風のなかで繰り返してさしつかへないか」という2行に記されているのは、押韻によってひとの名前をくり返し記録することの宣言でしょう。「風」は英語で「wind」、中央に「in」という文字列があることから「韻」を表しているものと考えられます。この「ひと」が誰であるかは、改めて言うまでもありません。

賢治は1923年の4月に岩手毎日新聞に「やまなし」を載せ、「クラムボンはかぷかぷわらつたよ。」と書きますが、押韻のアイデアは前年の秋には浮かんでいたようです。■

待っていた恋人は水色の過去

過去情炎

截られた根から青じろい樹液がにじみ
あたらしい腐植のにほひを嗅ぎながら
きらびやかな雨あがりの中にはたらけば
わたくしは移住の清教徒《ピユリタン》です
雲はぐらぐらゆれて馳けるし
梨の葉にはいちいち精巧な葉脈があつて
短果枝には雫がレンズになり
そらや木やすべての景象をさめてゐる
わたくしがここを環に掘つてしまふあひだ
その雫が落ちないことをねがふ

『春と修羅』より

なぜならいまこのちひさなアカシヤをとつたあとで
わたくしは鄭重《ていちよう》にかがんでそれに唇をあてる
えりをりのシヤツやぼろぼろの上着をきて
企らむやうに肩をはりながら
そつちをぬすみみてゐれば
ひじやうな悪漢《わるもの》にもみえようが
わたくしはゆるされるとおもふ
なにもかもみんなたよりなく
なにもかもみんなあてにならない
これらげんしやうのせかいのなかで
そのたよりない性《せい》質が
こんなきれいな露になつたり
いぢけたちひさなまゆみの木を
紅《べに》からやさしい月光いろまで
豪奢《ごうしや》な織物に染めたりする

そんならもうアカシヤの木もほりとられたし
いまはまんぞくしてたうぐはをおき
わたくしは待つてゐたこひびとにあふやうに
鷹揚《おうやう》にわらつてその木のしたへゆくのだけれども
それはひとつの情炎《じやうえん》だ
もう水いろの過去になつてゐる

1923. 10.15

再び時を進めましょう。1923（大正12）年の夏にオホーツクの海を訪れたあと、賢治の眼差しは悲しみで透きとおり、研ぎ澄まされてゆくようです。10月15日の日づけを持つ「過去情炎」では、枝いっぱいに水滴をまとうナシの木や、すでに紅葉が始まっているマユミの木を、切ないまでの愛しさを込めて描いています。

くり返し述べていますが、母音で韻を踏む言葉に恋人の名を託す賢治の作品世界では、ナシはヤスの象徴です。ここでは「待っていた恋人」と、はっきりと記されています。いっぽうニセアカシアは成長が早く、枝に鋭い棘があるため、畑に生えると厄介な樹木です。賢治作品では、アカシヤという言葉はしばしば恋の障害というニュアンスを持ちます。

賢治はアカシアを掘り終えたら、ナシの木の雫に口づけをするはずでした。水滴には、すべての景色が映っています。賢治はそこに、ヤスとふたりで暮らす世界を見ていたかも知れません。「なにもかもみんなたよりなく／なにもかもみんなあてにならない／これらげんしやうのせかいのなかで」という3行が平仮名で書かれ、「げんしやう」という文字列が「賢治ヤス」と母音を同じくするのは、はたして偶然でしょうか。ほんとうに、何もかも頼りない賢治とヤスの世界でした。

このあと「水いろ」は、ヤスとの恋にまつわる切ない過去を形容するときに使われる色彩となってゆきます。■

森や野原を恋人として生きる

一本木野

松がいきなり明るくなつて
のはらがぱつとひらければ
かぎりなくかぎりなくかれくさは日に燃え
電信ばしらはやさしく白い碍子《がいし》をつらね
ベーリング市までつづくとおもはれる
すみわたる海蒼《かいさう》の天と
きよめられるひとのねがひ
からまつはふたたびわかやいで萌え
幻聴の透明なひばり
七時雨《ななしぐれ》の青い起伏は

『春と修羅』より

碍子…電気を絶縁し、電線を支える器具

また心象のなかにも起伏し
ひとむらのやなぎ木立は
ボルガのきしのそのやなぎ
天椀《てんわん》の孔雀石にひそまり
薬師岱赭《やくしたいしや》のきびしくするどいもりあがり
火口の雪は皺ごと刻み
くらかけのびんかんな稜《かど》は
青ぞらに星雲をあげる
（おい　かしは
てめいのあだなを
やまのたばこの木つていふつてのはほんたうか）
こんなあかるい穹窿《きゆうりゆう》と草を
はんにちゆつくりあるくことは
いつたいなんといふおんけいだらう
わたくしはそれをはりつけとでもとりかへる

孔雀石…マラカイト（malachite）の和名。
鮮やかな緑色の縞模様が特徴
岱赭…赤茶色のこと
穹窿…ドーム。大空の意味も

こひびととひとめみることでさへさうでないか
（おい　やまのたばこの木
あんまりへんなをどりをやると
未来派だつていはれるぜ）
わたくしは森やのはらのこひびと
蘆《よし》のあひだをがさがさ行けば
つつましく折られたみどりいろの通信は
いつかぽけつとにはひつてゐるし
はやしのくらいとこをあるいてゐると
三日月《みかづき》がたのくちびるのあとで
肱やずぼんがいつぱいになる

1923. 10. 28

母音でヤスを暗喩する「からまつ」、ヤスに捧げた心象スケッチ「小岩井農場」で鳴いていた「ひばり」。この心象スケッチには、これまでヤスについて記してきた言葉の数々が散りばめられています。

そもそも「一本木野」という場所は、激しい恋の葛藤が記された童話「土神ときつね」の舞台です。賢治はこの童話で、美しい女の樺の木と睦まじく語らっていたきつねを、土神の手で殺してしまうのでした。土神もきつねも、おそらくは賢治自身。きつねは、ヤスとの未来を夢見た自分でしょう。

先に述べた「風林」で「鳥の巣がない」と書かれた「かしは」は、この心象スケッチでは「未来派」とされ、農学校の生徒と斬新な音楽劇を上演していた賢治自身を意味しています。清められる「ひとのねがひ」とは、どこか遠くでヤスと暮らしたい、と願ったことを指していると思われます。賢治はここで、自然とともに生きることを宣言します。

平仮名の印象的なフレーズ「わたくしはそれをはりつけとでもとりかへる／こひびととひとめみることでさへさうでないか」のなかの「はりつけ」は、処刑されたイエスを思わせます。ヤスとの結婚を反対された賢治は、まさに処刑された気分だったのでしょう。

けれども賢治は、『春と修羅』にすべてを記していました。ふたりの恋は、消えることのない芸術として蘇るのです。その奥付に印刷された発行日1924年4月20日が、その年の復活祭だったことは、賢治の強い意志を物語っているようです。■

さめざめと光るやどりぎ

冬と銀河ステーシヨン

そらにはちりのやうに小鳥がとび
かげろふや青いギリシヤ文字は
せはしく野はらの雪に燃えます
パツセン大街道のひのきからは
凍つたしづくが燦々《さんさん》と降り
銀河ステーシヨンの遠方シグナルも
けさはまつ赤《か》に澱《よど》んでゐます
川はどんどん氷《ザエ》を流してゐるのに
みんなは生《なま》ゴムの長靴をはき
狐や犬の毛皮を着て

『春と修羅』より

陶器の露店をひやかしたり
ぶらさがつた章魚《たこ》を品さだめしたりする
あのにぎやかな土沢の冬の市日《いちび》です
(はんの木とまばゆい雲のアルコホル
あすこにやどりぎの黄金のゴールが
さめざめとしてひかつてもいい)
あゝ　Josef Pasternack　の指揮する
この冬の銀河軽便鉄道は
幾重のあえかな氷をくぐり
(でんしんばしらの赤い碍子と松の森)
にせものの金のメタルをぶらさげて
茶いろの瞳をりんと張り
つめたく青らむ天椀の下
うららかな雪の台地を急ぐもの
(窓のガラスの氷の羊歯は

Josef Pasternack…ヨセフ・パスターナック。ポーランド出身の指揮者

だんだん白い湯気にかはる）
パッセン大街道のひのきから
しづくは燃えていちめんに降り
はねあがる青い枝や
紅玉やトパースまたいろいろのスペクトルや
もうまるで市場のやうな盛んな取引です

1923. 12. 10

『春と修羅』の最後を飾る心象スケッチは、1923（大正12）年12月10日の日づけを持つ「冬と銀河ステーション」です。「銀河ステーション」と言えば、童話「銀河鉄道の夜」で、ジョバンニが銀河鉄道に乗り込む場所です。

ご存じのように「銀河鉄道の夜」は、賢治が亡くなるまで手を入れ続けた作品で、未完成ながら多くの読者に愛され、賢治の代表作になっています。『春と修羅』のラストは、その重要な作品の出発点なのです。

童話「シグナルとシグナレス」以来、「シグナル」には「恋する賢治」という意味が隠されています。どこかでヤスと暮らそうという願いも潰えたいま、シグナルには赤ランプが点《とも》っています。

「あすこにやどりぎの黄金のゴールが」の「あすこ」は、ヤス子を意味していると解釈してよいでしょう。賢治はヤスに、ヤドリギを捧げています。それは、ヤドリギにまつわる西洋の伝説や習慣を承知したうえでの表現に違いありません。クリスマスにはヤドリギを愛の木として飾り、その下でキスをした恋人たちは結婚の約束を交わしたことになって、祝福を受けられるのだと……。

ヤスの渡米は1924年6月でした。その2か月前に発行された『春と修羅』は、賢治からヤスへの、全身全霊をかけた贈り物だったのだと、わたしには思われてなりません。■

夜の大河の欄干はもう朽ちた

薤露青

みをつくしの列をなつかしくうかべ
薤露青の聖らかな空明のなかを
たえずさびしく湧き鳴りながら
よもすがら南十字へながれる水よ
岸のまっくろなくるみばやしのなかでは
いま膨大なわかちがたい夜の呼吸から
銀の分子が析出される
　……みをつくしの影はうつくしく水にうつり
　プリオシンコーストに反射して崩れてくる波は
　ときどきかすかな燐光をなげる……

「春と修羅　第二集」より

みをつくし…澪標。船が安全に航行できるよう、目印として立てた杭

橋板や空がいきなりいままた明るくなるのは
この旱天《かんてん》のどこからかくるいなびかりらしい
水よわたくしの胸いっぱいの
やり場所のないかなしさを
はるかなマヂェランの星雲へとゞけてくれ
そこには赤いいさり火がゆらぎ
蝎がうす雲の上を這ふ
　……たえず企画したたえずかなしみ
　　たえず窮乏をつゞけながら
　　　どこまでもながれて行くもの……
この星の夜の大河の欄干はもう朽ちた
わたくしはまた西のわづかな薄明の残りや
うすい血紅瑪瑙《けつこう》をのぞみ
しづかな鱗の呼吸をきく
　……なつかしい夢のみをつくし……

声のいゝ製糸場の工女たちが
わたくしをあざけるやうに歌って行けば
そのなかにはわたくしの亡くなった妹の声が
たしかに二つも入ってゐる
……あの力いっぱいに
細い弱いのどからうたふ女の声だ……
杉ばやしの上がいままた明るくなるのは
そこから月が出ようとしてゐるので
鳥はしきりにさわいでゐる
……みをつくしらは夢の兵隊……
南からまた電光がひらめけば
さかなはアセチレンの匂をはく
水は銀河の投影のやうに地平線までながれ
灰いろはがねのそらの環

……あゝ　いとしくおもふものが
そのまゝどこへ行ってしまったかわからないことが
なんといふいゝことだらう……

かなしさは空明から降り
黒い鳥の鋭く過ぎるころ
秋の鮎のさびの模様が
そらに白く数条わたる

1924. 7. 17

「薤露《かいろ》」との言葉は中国の古詩の題名で、1905（明治38）年に発表された小説「薤露行」で夏目漱石が用いました。原詩のおおよその内容は、薤の葉につく露は乾き易くとも再び現れるが、亡くなったひとはいつ帰るのだろう……という意味で、賢治はそれに「青」という水の色を加え、愛しく思う者の行方が分からない悲しみを表しました。

トシを亡くしヤスと別れたのち、賢治作品では妹と書いただけでも表裏一体の存在としてヤスが表されている場合があります。それはここに「そのなかにはわたくしの亡くなった妹の声が／たしかに二つも入つてゐる」と記されていることからも分かります。「薤露青」は未刊の「春と修羅　第二集」に収められており、添えられた日づけは1924（大正13）年7月17日です。賢治はこの晩、夜のイギリス海岸を訪ねています。天の川は夏の日本では南北に流れて見え、南北に流れる北上川の水面は天の川を映すことから、賢治は北上川の水面がどこまでも伸びて天の川につながると仮定したのでしょう。

南十字星やマゼラン星雲、プリオシンコーストなど、この心象スケッチが童話「銀河鉄道の夜」のイメージを含んでいるのは確かです。地上と天上を結ぶ装置として鉄道を用いた賢治ですが、その発想のはじまりは夜もすがら流れる川の水でした。

6月に横浜港から船に乗ったヤスは、7月9日の日づけでシカゴから親族に葉書を出しています。そのなかには「空気と水の悪いのが悲しくて〱」と書かれていました。■

シカゴからの手紙

１９２４（大正13）年の6月にアメリカ行きの船に乗ったヤスが、結婚後の及川姓でシカゴから出した葉書の全文は、つぎのようなものでした。出航を見送ったらしい受けとり人は、ヤスの妹ヤオの夫となる晴山吉郎です。ヤオもまた、教師同士の恋を経験していました。ヤオと晴山は、ヤスのよき相談相手だったと思われます。

シヤトルから三昼夜十一時間でシカゴにつきました。誰れも迎へてくれるなつかしい人もなく淋しいガランとした古い建物が私たちの住む所でした　勿論うつったばかりでよごれてなにも飾りもありません、これから二人でお掃除から何からやります。二日の朝ついたのですが忙しいのでつい失礼しました　出帆の時は色々と有難う御座いました。唯なつかしう御座います、たゞ一人だったのですもの……空気と水の悪いのが悲しくて〳〵　散歩に出ようにも異国のことで私には冷たく感じられてなりません。

みどりいろの通信とジョバンニの切符

ヤスとの別れは、賢治にとって悲しむべき出来事でしたが、愛しく思う者が海の向こうに渡ってしまったという事実は、世界や自然を見つめる賢治の視線を、いっそう透徹したものにしました。

農学校を退職して羅須地人協会を設立したころ、講義メモとして書いた「農民芸術概論綱要」のなかに、「世界がぜんたい幸福にならないうちは個人の幸福はあり得ない。」という有名な言葉を残す賢治ですが、世界の幸福を願う背景には、海の向こうにいるヤスの存在が欠かせません。賢治は足もとの地面を見つめながらも、それが地球の一部であり、世界につながるものであることを強く意識したに違いありません。

その地球もまた、宇宙という遥かな空間に目を転ずれば、無数に浮かぶ天体のひとつに過ぎません。自然を見つめる者の精神は、宇宙空間をも自由に旅することができます。いつかはヤスを迎えに行くこともできると、賢治は考えていたかも知れません。

童話「銀河鉄道の夜」のなかで、切符も持たずに乗ったはずのジョバンニのポケットのなかに、いつの間にか入っている切符が「緑いろ」をしていて「どこまででも行ける」ことと、心象スケッチ「一本木野」において、自然とともに生きる決意を固めた賢治のポケットに、「つつましく折られたみどりいろの通信」が入っていたこととは、決して無縁ではないのでしょう。

コラム
停車場
5番線

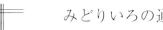

Ⅵ 東岩手火山

月は赤銅　地球照　生徒と歩く

生徒とともに歌う

青い槍の葉
(mental sketch modified)

（ゆれるゆれるやなぎはゆれる）
雲は来るくる南の地平
そらのエレキを寄せてくる
鳥はなく啼く青木のほずゑ
くもにやなぎのくわくこどり
（ゆれるゆれるやなぎはゆれる）
雲がちぎれて日ざしが降れば
黄金《キン》の幻燈《げんとう》　草《くさ》の青
気圏日本のひるまの底の

『春と修羅』より

泥にならべるくさの列
　（ゆれるゆれるやなぎはゆれる）
雲はくるくる日は銀の盤
エレキづくりのかはやなぎ
風が通ればさえ冴《ざ》え鳴らし
馬もはねれば黒びかり
　（ゆれるゆれるやなぎはゆれる）
雲がきれたかまた日がそそぐ
土のスープと草の列
黒くをどりはひるまの燈籠《とうろ》
泥のコロイドその底に
　（ゆれるゆれるやなぎはゆれる）
りんと立て立て青い槍の葉
たれを刺さうの槍ぢやなし
ひかりの底でいちにち日がな

泥にならべるくさの列
　（ゆれるゆれるやなぎはゆれる）
雲がちぎれてまた夜があけて
そらは黄水晶《シトリン》ひでりあめ
風に霧ふくぶりきのやなぎ
くもにしらしらそのやなぎ
　（ゆれるゆれるやなぎはゆれる）
りんと立て立て青い槍の葉
そらはエレキのしろい網
かげとひかりの六月の底
気圏日本の青野原
　（ゆれるゆれるやなぎはゆれる）

1922. 6. 12

この作品は『春と修羅』刊行前の1923（大正12）年8月16日に、すでに「天業民報」に掲載されていました。当時のタイトルは「青い槍の葉（挿秧歌《そうおうか》）」で、秧は稲の苗を指し、挿秧歌は田植え歌を意味します。歌詞として書かれているうえ、1922年6月12日という日づけも正確ではないのか、賢治は『春と修羅』収録に当たり、例によって（mental sketch modified）と書き添え、日づけを（（　））に入れました。

音楽を愛し、無類のレコード収集家だった賢治は、自らの文学を音楽的なものにしたいと切望しており、花巻農学校では盛んに音楽劇の脚本を書いて、生徒とともに上演していました。劇中歌は、自身で作曲したり既存の曲に歌詞をつけたりして歌いました。「青い槍の葉」も、生徒との田植え実習では既存の曲にのせて歌われたと伝えられます。ところがこの作品の特筆すべき点は、リフレインする（ゆれるゆれるやなぎはゆれる）というフレーズが、3連符がくり返されるリズムを提示し、楽譜がなくとも曲想が伝わるように書かれていることです。3連符のリズムは、ベートーヴェンの「ピアノソナタ第14番　月光」を想起させ、この作品もまた「月光」のように、3連符のフレーズが主旋律と重なりながら、作品全体を貫くリズムとして響き続けているように感じられます。

賢治が「青い槍の葉」を『春と修羅』に入れておきたかった理由は、言葉のみで音楽を表現しようとしたこの作品が、賢治にとって重要な試みだったからでしょう。■

薬師火口の外輪山を歩く

東岩手火山

月は水銀　後夜《ごや》の喪主《もしゆ》
火山礫《れき》は夜《よる》の沈澱《ちんでん》
火口の巨《おほ》きなゑぐりを見ては
たれもみんな愕《おど》くはずだ
（風としづけさ）
いま漂着《へうちやく》する薬師外輪山《ぐわいりんざん》
頂上の石標もある
　（月光は水銀　月光は水銀）
（こんなことはじつにまれです
向ふの黒い山……って　それですか
それはここのつづきです

『春と修羅』より

ここのつづきの外輪山です
あすこのてつぺんが絶頂です
向ふの？
向ふのは御室火口です
これから外輪山をめぐるのですけれども
いまはまだなんにも見えませんから
もすこし明るくなつてからにしませう
えゝ　太陽が出なくても
あかるくなつて
西岩手火山のはうの火口湖やなにか
見えるやうにさへなればいいんです
お日さまはあすこらへんで拝みます））
　黒い絶頂の右肩と
　そのときのまつ赤な太陽
わたくしは見てゐる
あんまり真赤な幻想の太陽だ

（いまなん時です
三時四十分？
ちやうど一時間
いや四十分ありますから
寒いひとは提灯でも持つて
この岩のかげに居てください）
ああ　暗い雲の海だ
（向ふの黒いのはたしかに早池峰です
線になつて浮きあがつてるのは北上山地です
うしろ？
あれですか
あれは雲です　柔らかさうですね
雲が駒ケ岳に被さつたのです
水蒸気を含んだ風が
駒ケ岳にぶつつかつて
上にあがり

あんなに雲になつたのです
鳥海山《てうかいさん》は見えないやうです
けれども
夜が明けたら見えるかもしれませんよ）
（柔かな雲の波だ
あんな大きなうねりなら
月光会社の五千噸《トン》の汽船も
動揺を感じはしないだらう
その質は
蛋白石　glass-wool
あるいは水酸化礬土《ばんど》の沈澱）
（じつさいこんなことは稀なのです
わたくしはもう十何べんも来てゐますが
こんなにしづかで
そして暖かなことはなかつたのです
麓の谷の底よりも

水酸化礬土…水酸化カルシウムのこと

さつきの九合の小屋よりも
却つて暖かなくらゐです
今夜のやうなしづかな晩は
つめたい空気は下へ沈んで
霜さへ降らせ
暖い空気は
上に浮んで来るのです
これが気温の逆転です）
　御室火口の盛《も》りあがりは
月のあかりに照らされてゐるのか
それともおれたちの提灯のあかりか
提灯だといふのは勿体ない
　ひはいろで暗い
（それではもう四十分ばかり
寄り合つて待つておいでなさい
さうさう　北はこつちです

北斗七星は
いま山の下の方に落ちてゐますが
北斗星はあれです
それは小熊座といふ
あの七つの中なのです
それから向ふに
縦に三つならんだ星が見えませう
下には斜めに房が下つたやうになり
右と左とには
赤と青と大きな星がありませう
あれはオリオンです　オライオンです
あの房の下のあたりに
星雲があるといふのです
いま見えません
その下のは大犬のアルフア
冬の晩いちばん光つて目立《めだ》つやつです

夏の蝸とうら表です
さあみなさん　ご勝手におあるきなさい
向ふの白いのですか
雪ぢやありません
けれども行つてごらんなさい
まだ一時間もありますから
私もスケツチをとります）
　はてな　わたくしの帳面の
書いた分がたつた三枚になつてゐる
事によると月光のいたづらだ
藤原が提灯を見せてゐる
ああ頁が折れ込んだのだ
さあでは私はひとり行かう
外輪山の自然な美しい歩道の上を
月の半分は赤銅《しやくどう》　地球照《アースシヤイン》
（お月さまには黒い処もある））

（後藤《どう》又兵衛いつつも拝んだづなす）
私のひとりごとの反響に
小田島治衛《はるゑ》が云つてゐる
（山中鹿之助だらう）
もうかまはない　歩いてい丶
　どつちにしてもそれは善《い》いことだ
二十五日の月のあかりに照らされて
薬師火口の外輪山をあるくとき
わたくしは地球の華族である
蛋白石の雲は遥にたゝへ
オリオン　金牛　もろもろの星座
澄み切り澄みわたつて
瞬きさへもすくなく
わたくしの額の上にかがやき
　さうだ　オリオンの右肩から
ほんたうに鋼青の壮麗が

ふるへて私にやつて来る

三つの提灯は夢の火口原の
白いとこまで降りてゐる
（雪ですか　雪ぢやないでせう）
困つたやうに返事してゐるのは
雪でなく　仙人草のくさむらなのだ
さうでなければ高陵土《カオリンゲル》
残りの一つの提灯は
一升のところに停つてゐる
それはきつと河村慶助が
外套の袖にぼんやり手を引つ込めてゐる
（御室《おむろ》の方の火口へでもお入りなさい
噴火口へでも入つてごらんなさい
硫黄のつぶは拾へないでせうが）
斯んなによく声がとゞくのは

メガホーンもしかけてあるのだ
しばらく躊躇《ちゆうちよ》してゐるやうだ
（先生　中さ入《はい》つてもいがべすか）
（えゝ　おはひりなさい　大丈夫です）
提灯が三つ沈んでしまふ
そのでこぼこのまつ黒の線
すこしのかなしさ
けれどもこれはいつたいなんといふいゝことだ
大きな帽子をかぶり
ちぎれた繻子《しゆす》のマントを着て
薬師火口の外輪山の
しづかな月明を行くといふのは

この石標は
下向の道と書いてあるにさうゐない
火口のなかから提灯が出て来た

宮沢の声もきこえる
雲の海のはてはだんだん平らになる
それは一つの雲平線《うんぴやうせん》をつくるのだ
雲平線をつくるのだといふのは
月のひかりのひだりから
みぎへすばやく擦過した
一つの夜の幻覚だ
いま火口原の中に
一点しろく光《ひか》るもの
わたくしを呼んでゐる呼んでゐるのか
私は気圏オペラの役者です
鉛筆のさやは光り
速《すみや》かに指の黒い影はうごき
唇を円くして立つてゐる私は
たしかに気圏オペラの役者です
また月光と火山塊のかげ

向ふの黒い巨きな壁は
熔岩か集塊岩　力強い肩だ
とにかく夜があけてお鉢廻りのときは
あすこからこつちへ出て来るのだ
なまぬるい風だ
これが気温の逆転だ
　（つかれてゐるな
　わたしはやつぱり睡いのだ）
火山弾には黒い影
その妙好《めうかう》の火口丘には
幾条かの軌道のあと
鳥の声！
鳥の声！
海抜六千八百尺の
月明をかける鳥の声
鳥はいよいよしつかりとなき

私はゆつくりと踏み
月はいま二つに見える
やつぱり疲れからの乱視なのだ

かすかに光る火山塊の一つの面
オリオンは幻怪《げんくわい》
月のまはりは熟した瑪瑙と葡萄
あくびと月光の動転《どうてん》
（あんまりはねあるぐなぢやい
汝《うな》ひとりだらいがべあ
子供等《わらしやど》も連れでて目にあへば
汝《うな》ひとりであすまないんだぢやい）
火口丘《くわこうきう》の上には天の川の小さな爆発
みんなのデカンシヨの声も聞える
月のその銀の角のはじが
潰れてすこし円くなる

デカンシヨ…兵庫県丹波篠山市の民謡「デカンショ節」のこと。明治時代、旧制一高から全国の学生に広まった

天の海とオーパルの雲
あたたかい空気は
ふつと撚《より》になつて飛ばされて来る
きつと屈折率も低く
濃い蔗糖溶液《しよたうようえき》に
また水を加へたやうなのだらう
東は淀み
提灯《ちやうちん》はもとの火口の上に立つ
また口笛を吹いてゐる
わたくしも戻る
わたくしの影を見たのか提灯も戻る
（その影は鉄いろの背景の
ひとりの修羅に見える筈だ）
さう考へたのは間違ひらしい
とにかくあくびと影ぼふし
空のあの辺の星は微かな散点

すなはち空の模様がちがつてゐる
そして今度は月が蹇《ちぢ》まる

1922. 9. 18

賢治は花巻農学校の生徒たちを誘い、たびたび岩手山に登っていました。夏休みの行事として大勢で行くことも、賢治の発案により少人数で出かけることもあったようです。人数が多いときは、同僚の堀籠文之進や、校長の畠山栄一郎も同行しました。

この心象スケッチは、賢治がひとりで生徒6、7人を連れて出かけたときのものです。生徒を伴っての登山には細心の注意が必要で、責任の重さを案ずる家族からは再三の忠告を受けていたのでしょう。岩手山に行くと母に言い出しかねたらしく、賢治がおにぎりを持っていない日もあったと、同行した生徒が記憶していました。

作品の日づけは1922（大正11）年9月18日で、「二十五日の月のあかりに照らされて」と賢治が書いているとおり、月齢26前後の細い月が出ていたはずです。不思議なのは、このとき同行したとされる生徒たちの何人かが、「その日は旧暦の8月15日で満月だった」と語っていることです。となれば新暦では、10月5日になります。

あるいは賢治は、どうしても「月の半分は赤銅　地球照」と書きたくて、日づけと月の形を「modify」したのかも知れません。じつはこれも『春と修羅』刊行前に発表された数少ない作品のひとつで、掲載は「やまなし」と同じ1923年4月8日の岩手毎日新聞でした。「アースシャイン」の月は賢治にとって「ヤスさん」の分身だったと、わたしには思われます。ただし新聞では、ルビは「ちきゆうしやう」となっていました。■

天上の食卓に着こうでないか

山の晨明に関する童話風の構想

つめたいゼラチンの霧もあるし
桃いろに燃える電気菓子もある
またはひまつの緑茶をつけたカステーラや
なめらかでやにっこい緑や茶いろの蛇紋岩
むかし風の金米糖でも
wavelite の牛酪《バター》でも
またこめつがは青いザラメでできてゐて
さきにはみんな
大きな乾葡萄《レジン》がついてゐる
みやまういきゃうの香料から

「春と修羅　第二集」より

wavelite…鉱物のワーベライト（正しいつづりは wavellite）。和名は「銀星石（ぎんせいせき）」。放射状に広がった針状の結晶が特徴

蜜やさまざまのエッセンス
そこには碧眼の蜂も顫へる
さうしてどうだ
風が吹くと　風が吹くと
傾斜になったいちめんの釣鐘草《ブリユーベル》の花に
かゞやかに　かがやかに
またうつくしく露がきらめき
わたくしもどこかへ行ってしまひさうになる……
蒼く湛へるイーハトーボのこどもたち
みんなでいっしょにこの天上の
飾られた食卓に着かうでないか
たのしく燃えてこの聖餐をとらうでないか
そんならわたくしもたしかに食ってゐるのかといふと
ぼくはさっきからこゝらのつめたく濃い霧のジェリーを
のどをならしてのんだり食ったりしてるのだ

ぼくはじっさい悪魔のやうに
きれいなものなら岩でもなんでもたべるのだ
おまけにいまにあすこの岩の格子から
まるで恐ろしくぎらぎら熔けた
黄金の輪宝《くるま》がのぼってくるか
それともそれが巨きな銀のラムプになって
白い雲の中をころがるか
どっちにしても見ものなのだ
お丶青く展がるイーハトーボのこどもたち
グリムやアンデルゼンを読んでしまったら
じぶんでがまのはむばきを編み
経木の白い帽子を買って
この底なしの蒼い空気の淵に立つ
巨きな菓子の塔を攀《よ》ぢよう

1925. 8. 11

はむばき…脚絆のこと
攀ぢよう…よじ登ろうの意味

グリム童話「ヘンゼルとグレーテル」のお菓子の家を模して、賢治は8月の早池峰山の景色を食べ物で表現しています。それにしても、ゼリーや綿あめ、カステラに金平糖と、賢治はじつに多くのお菓子を知っていたようです。

実際、賢治はしばしばお菓子を携えていたらしく、日照りの夏に水争いの仲裁に同行した生徒は、「先生は風呂敷包みに駄菓子をたくさん持ってきて、みんなにご馳走した」と記憶しています。賢治の自然散策に誘われて同行した生徒は、「銀紙にくるまれた外国のチョコレートを渡されて、その美味しさに驚いた」と語りました。岩手山に登った生徒は、賢治からの指示なのか氷砂糖を口に含みながら歩いたことを覚えていました。

氷砂糖と言えば、「わたしたちは、氷砂糖をほしいくらゐもたないでも、きれいにすきとほつた風をたべ、桃いろのうつくしい朝の日光をのむことができます。」という『注文の多い料理店』の美しい序文を思い出します。そして賢治はこの心象スケッチでも「きれいなものなら岩でもなんでもたべるのだ」と書いて、早池峰山の美しい景色はそのままで心のご馳走なのだと主張します。

賢治が熱心に生徒と野山を歩いていた理由がここに記されています。と同時に「イーハトーボのこども」とは賢治でもあるのでしょう。グリムやアンデルセンの影響を受けながらも、その作品は自身の足で野山から掬《すく》いとるべきなのだと肝に銘じているようです。■

光でできたパイプオルガンを弾く

告別

おまへのバスの三連音が
どんなぐあひに鳴ってゐたかを
おそらくおまへはわかってゐまい
その純朴さ希《のぞ》みに充ちたたのしさは
ほとんどおれを草葉のやうに顫はせた
もしもおまへがそれらの音の特性や
立派な無数の順列を
はっきり知って自由にいつでも使へるならば
おまへは辛くてそしてかゞやく天の仕事もするだらう
泰西《たいせい》著名の楽人たちが

「春と修羅　第二集」より

泰西…西洋のこと

幼齢《ようれい》弦や鍵器をとって
すでに一家をなしたがやうに
おまへはそのころ
この国にある皮革の鼓器と
竹でつくった管《くわん》とをとった
けれどもいまごろちゃうどおまへの年ごろで
おまへの素質と力をもってゐるものは
町と村との一万人のなかにならおそらく五人はあるだらう
それらのひとのどの人もまたどのひとも
五年のあひだにそれを大抵無くすのだ
生活のためにけづられたり
自分でそれをなくすのだ
すべての才や力や材といふものは
ひとにとゞまるものでない

ひとさへひとにとゞまらぬ
云はなかったが、
おれは四月はもう学校に居ないのだ
恐らく暗くけはしいみちをあるくだらう
そのあとでおまへのいまのちからがにぶり
きれいな音の正しい調子とその明るさを失って
ふたたび回復できないならば
おれはおまへをもう見ない
なぜならおれは
すこしぐらゐの仕事ができて
そいつに腰をかけてるやうな
そんな多数をいちばんいやにおもふのだ
もしもおまへが
よくきいてくれ
ひとりのやさしい娘をおもふやうになるそのとき

おまへに無数の影と光の像があらはれる
おまへはそれを音にするのだ
みんなが町で暮したり
一日あそんでゐるときに
おまへはひとりであの石原の草を刈る
そのさびしさでおまへは音をつくるのだ
多くの侮辱や窮乏の
それらを噛んで歌ふのだ
もしも楽器がなかったら
いゝかおまへはおれの弟子なのだ
ちからのかぎり
そらいっぱいの
光でできたパイプオルガンを弾くがいゝ

1925. 10. 25

雲間からこぼれる薄明光線を「光でできたパイプオルガン」と表現したことで、つとに有名な作品です。「おまへ」とは、音楽の才能を賢治に認められた高橋武治《たけじ》、のちに結婚して澤里武治となる生徒です。芸術の源は恋なのだと、賢治はここで明言しています。

後年、自身で「この四ケ年が／わたくしにどんなに楽しかったか／わたくしは毎日を／鳥のやうに教室でうたってくらした」と記すように、教師という仕事は教え好きな賢治にうってつけと思われましたが、1926（大正15）年3月31日、賢治は花巻農学校を依願退職します。理由は明らかになっていません。

「告別」に添えられた日づけは退職前年の10月25日で、高橋武治は4月に入学したばかりでした。才能のある生徒を残して退職することに、賢治は大きな心残りを感じていたのでしょう。しかし澤里との縁が切れることはなく、1931（昭和6）年、「風の又三郎」を書こうとしていた賢治は、農学校から岩手師範学校に進学して遠野市の上郷小学校で教諭をしていた澤里に、初秋の学校や子どものようすを取材したいと申し入れます。

賢治は澤里のもとを訪ねた折、「風の又三郎」の挿入歌「どっどど　どどうど　どどうど　どどう」の作曲を依頼しますが、澤里は、どうしても曲を作ることができませんでした。それを知った賢治の落胆は大きく、澤里は力不足を悔いて、翌1932年に師範学校に戻り、専攻科に進んで音楽を学び直したということです。■

どっどど　どどうど

教え子の澤里武治が作曲を断念し、音楽を学び直すきっかけともなった挿入歌は、「風の又三郎」という作品全体に、伴奏のように響き続けているのだと感じられます。ちなみにクルミは、そもそも青いまま落ちるものですし、すっぱいカリンなら、リンゴが落ちるほどの農業被害にはなりません。いかにも賢治らしい歌詞だと言えましょう。

どっどど　どどうど　どどうど　どどう、
青いくるみも吹きとばせ
すっぱいくゎりんもふきとばせ
どっどど　どどうど　どどうど　どどう

（冒頭部分）

稲作を学ぶ子どもに透明なエネルギーを

稲作挿話（未定稿）

あすこの田はねえ
あの種類では
窒素があんまり多過ぎるから
もうきつぱりと灌水《みづ》を切つてね
三番除草はしないんだ
……一しんに畔を走って来て
青田のなかに汗拭くその子……
燐酸《りんさん》がまだ残つてゐない？
みんな使つた？
それではもしもこの天候が

「春と修羅　第三集」異稿より

これから五日続いたら
あの枝垂れ葉をねえ
斯ういふ風な枝垂れ葉《しだば》をねえ
むしつて除つてしまふんだ
……せはしくうなづき汗拭くその子
冬講習に来たときは
一年はたらいたあととは云へ
まだかゞやかなりんごのわらひを持つてゐた
今日はもう日と汗にやけ
幾夜の不眠にやつれてゐる……
それからい丶かい
今月末にあの稲が
君の胸より延びたらねえ
ちやうどシヤツの上のボタンを定規にしてねえ
葉尖《はさき》をとつてしまふんだ

……汗だけでない
　泪も拭いてゐるんだな……

君が自分で設計した
あの田もすつかり見て来たよ
陸羽百三十二号のはうね
あれはずゐぶん上手に行つた
肥えも少しもむらがないし
いかにも強く育つてゐる
硫安だつてきみが自分で播いたらう
みんながいろいろ云ふだらうが
あつちは少しも心配ない
　反当《たん》三石二斗なら
　もう決つたと云つていい
しつかりやるんだよ
これからの本当の勉強はねえ

テニスをしながら商売の先生から
義理で教はることでないんだ
きみのやうにさ
吹雪やわづかの仕事のひまで
泣きながら
からだに刻んで行く勉強が
まもなくぐんぐん強い芽を噴いて
どこまでのびるかわからない
それがこれからのあたらしい学問のはじまりなんだ
ぢやさやうなら
　　……雲からも風からも
　　　透明なエネルギーが
　　　そのこどもにそゝぎくだれ……

「稲作挿話（未定稿）」は、1928（昭和3）年3月、花巻市内で発行された同人誌『聖燈』に発表された作品です。この2年前に花巻農学校を退職し、羅須地人協会を設立して以来、賢治は精力的に肥料設計を行い、この年の8月に発熱して病臥するまで農家の指導に当たっていました。

稲作を学ぶ少年への助言で構成されたこの作品は、1921（大正10）年に国により育成された新品種「陸羽132号」への期待を感じさせます。しかし当時の岩手は新品種の普及が2割ほどで、多くは旧品種の「亀の尾」を栽培していました。旧品種は天候不順で徒長する傾向があり、賢治は少年に、葉先をとって倒伏を防ぐよう指示しています。

この作品には、前年7月10日の日づけを持つ先駆形〔あすこの田はねえ〕がありますが、そちらでは少年に告げる予想収量が「二石五斗」＝約375キロとなっており、発表形のほうが7斗＝105キロ多くなっています。この収量の変更は、雑誌に載ることを意識しての賢治の希望的観測が含まれていたのでしょうか。このころの岩手県の玄米収量は1反（約10アール）当たり2石＝約300キロで、先駆形のほうがより正確だったようです。

発表形に未定稿と付記されているのは奇妙ですが、賢治はおそらく、これからはもっともっと収量が上がるはずなのだから発表形の収量とてこれで頭打ちではない、したがってこれは未定稿なのだ！　と、タイトルに願いを込めていたものと、わたしは考えます。■

鳥のように教室で歌う

「生徒諸君に寄せる」は、1927（昭和2）年に「盛岡中学校校友会雑誌」への寄稿を求められ、盛岡中学の後輩に向けて断片的に書き残された下書きです。ただし冒頭の7行は、内容から見て、花巻農学校の生徒たちに向けたものと考えられます。賢治が花巻農学校を辞めたのは突然の出来事で、喪失感を覚えた生徒は少なくなかったと伝えられます。

この四ケ年が
　わたくしにどんなに楽しかったか
わたくしは毎日を
　鳥のやうに教室でうたってくらした
誓って云ふが
　わたくしはこの仕事で
　疲れをおぼえたことはない

「東岩手火山」はオペラである

この章には、花巻農学校の生徒や農業に励む少年など、賢治から後進へのメッセージが記された作品を集めました。よって多くは口語体で、語りかける調子になっています。

　とりわけ「東岩手火山」では、生徒とのやりとりがセリフで書かれ、それはこの作品が自ずと戯曲になっていることを意味します。鳥の鳴き声や、生徒のデカンショ節など、効果音も記されています。自身で「私は気圏オペラの役者です」と書いているように、これは確かにオペラなのです。このころの賢治は、生徒との音楽劇に夢中でした。

　生徒の記憶によると、賢治は授業の終わり10分間で自らの作品を朗読していました。また、1926（大正15）年の12月に上京した折には、新交響楽団の大津三郎から3日間2時間ずつ、チェロのレッスンを受けたと伝えられます。チェロ習得の目的を尋ねられた賢治は、「朗誦伴奏にと思いまして」と答えました。朗誦伴奏は、朗読に楽器で伴奏を添える表現方法です。賢治は自らの作品を音声にしたいと希望していました。

コラム
停車場
6番線

　ベートーヴェンの「交響曲第五番　運命」を最初に聴いたとき、賢治は「俺もこういうものを書かねばならない」と語ったそうです。交響曲は重層的な音楽ですが、そもそも空間は重層的で、それを記録した賢治の心象スケッチは、目で見た景色や感情を記した独白と、あたりに響く多様な音声が交差しています。賢治が生徒との音楽劇や、楽器による伴奏を欲したひとつの理由は、作品の重層性を表現するためだったでしょう。

Ⅶ

実験室小景

自然へのまなざし

ナチラナトラのひいさま

蠕虫《アンネリダ》　舞手《タンツエーリン》

（えゝ　水ゾルですよ
おぼろな寒天《アガア》の液ですよ）
日は黄金《きん》の薔薇
赤いちひさな蠕虫《ぜんちゆう》が
水とひかりをからだにまとひ
ひとりでをどりをやつてゐる
（えゝ　8《エイト》　γ《ガムマア》　e《イー》　6《スイツクス》　α《アルファ》
ことにもアラベスクの飾り文字）
羽むしの死骸《しがい》
いちゐのかれ葉
真珠の泡に

『春と修羅』より

（注）ギリシャ文字は『春と修羅』では手書きの文字だった

ちぎれたこけの花軸など
（ナチラナトラのひいさまは
いまみづ底のみかげのうへに
黄いろなかげとおふたりで
せつかくをどつてゐられます
いゝえ　けれども　すぐでせう
まもなく浮いておいでせう）
赤い蠕虫舞手《アンネリダタンツエーリン》は
とがつた二つの耳をもち
燐光珊瑚《さんご》の環節に
正しく飾る真珠のぼたん
くるりくるりと廻つてゐます
（えゝ　8《エイト》　γ《ガムマア》　e《イー》　6《スイツクス》　α《アルフア》
ことにもアラベスクの飾り文字）
背中きらきら燦《かがや》いて
ちからいつぱいまはりはするが

真珠もじつはまがひもの
ガラスどころか空気だま
（い、え　それでも
エイト　ガムマア　イー　スイツクス　アルフア
ことにもアラベスクの飾り文字）
水晶体や鞏膜《きようまく》の
オペラグラスにのぞかれて
をどつてゐるといはれても
真珠の泡を苦にするのなら
おまへもさつぱりらくぢやない
それに日が雲に入つたし
わたしは石に座つてしびれが切れたし
水底の黒い木片は毛虫か海鼠《なまこ》のやうだしさ
それに第一おまへのかたちは見えないし
ほんとに溶けてしまつたのやら
それともみんなはじめから

鞏膜…眼球の外側を包む白い膜。いわゆる「しろめ」

おぼろに青い夢だやら
(いゝえ　あすこにおいでです　おいでです
ひいさま　いらつしやいます
8《エイト》　γ《ガムマア》　e《イー》　6《スイックス》　α《アルファ》
ことにもアラベスクの飾り文字)
ふん　水はおぼろで
ひかりは惑ひ
虫は　エイト　ガムマア　イー　スイックス　アルファ
　ことにもアラベスクの飾り文字かい
　ハツハツハ
(はい　まつたくそれにちがひません
　エイト　ガムマア　イー　スイックス　アルファ
　ことにもアラベスクの飾り文字)

1922. 5. 20

「蠕虫」は、ミミズや線虫など、這うように動く生き物の総称で、「アンネリダ」とは、ミミズやヒルを含む「環形動物門」を指す学名です。

赤く、ミミズのような姿をした水中の生物には、たとえば俗に赤虫と呼ばれるユスリカの仲間の幼虫がいます。ユスリカの種数は膨大で、ここで種名を特定することはできませんが、手水鉢《ちょうずばち》のなかで身をくねらせる赤虫を、ギリシャ文字やアラビア数字を用いて視覚的かつリズミカルに描写したとすれば、賢治はやはり比類ない才能の持ち主です。

ユスリカは、多くの読者にとって無価値な存在に違いありません。それどころか、嫌悪の対象ですらあるかも知れません。賢治はそれを、踊る女性に例えたうえで「ナチラナトラのひいさま」すなわち「天然自然のお姫さま」と呼んでいます。

ひとに見向きもされないものに、価値がないとは限りません。実際、ユスリカの多くは幼虫時代に水底に沈殿した有機物を食べ、成長すると蚊に似た虫となって飛び立つため、水中の有機物を減らし、水質を浄化するのに役立っています。

『春と修羅』の前半に収録されたこの心象スケッチにおいて、賢治はまだまだ意気軒高です。「ハツハツハ」と自虐的に笑いながらも、小さなミミズはアラベスクの飾り文字にまったく違いないのだと胸を張ります。その才能を理解するには、読者もまた賢治のように、ときに嫌悪の対象となる生き物にも目を凝らす必要があるでしょう。■

すべてあらゆるいきものは

蠕虫にさえ同情のまなざしを注ぐ賢治は、無類のカエル・ウオッチャーでもありました。「カイロ団長」には、トノサマガエルに騙されてカイロ団の一員となり、過酷な労働を強いられる30匹のアマガエルが描かれます。カエルたちの揉め事を仲裁する天の声は、賢治そのひとの柔らかなバリトンで響いていたでしょう。

ところが丁度その時、又もや青ぞら高く、かたつむりのメガホーンの声がひゞきわたりました。
「王様の新らしいご命令。王様の新らしいご命令。すべてあらゆるいきものはみんな気のいゝ、かあいさうなものである。けっして憎んではならん。以上。」それから声が又向ふの方へ行って「王様の新らしいご命令。」とひゞきわたって居ります。

（抜粋）

桜の花が日に照ると

〔向ふも春のお勤めなので〕

向ふも春のお勤めなので
すっきり青くやってくる
町ぜんたいにかけわたす
大きな虹をうしろにしょって
急いでゐるのもむじゃきだし
鷺のかたちにちぢれた雲の
そのまっ下をやってくるのもかあいさう
（Bonan Tagon, Sinjoro!）
（Bonan Tagon, Sinjoro!）
桜の花が日に照ると
どこか蛙の卵のやうだ

1924. 4. 27

「春と修羅　第二集」より

桜の花房を逆光で見ると、花芯が点々と影になって、じつに蛙の卵に似ています。生徒の目線で花巻農学校での日々を描いた「或る農学生の日誌」のなかにも「ぼくは桜の花はあんまり好きでない。朝日にすかされたのを木の下から見ると何だか蛙の卵のやうな気がする。」という記述があるため、賢治は桜が嫌いだったのかと思う読者もいるでしょう。

かつて、ひとりで豊沢川のほとりに桜を植えようとしている教師時代の賢治に会ったという方に、話を聞いたことがあります。その方のお父さんが「宮澤先生、すける（てつだい）すか（ますか）？」と声をかけると、賢治はスコップを抱え、「これはわたしの仕事ですから」と穏やかに断ったそうです。

「或る農学生の日記」の桜の記述には続きがあり、「誰も桜が立派だなんて云はなかったら僕はきっと大声でそのきれいさを叫んだかも知れない。」と書かれています。賢治はきっと、誰もいないところで桜への愛を叫んでいたに違いありません。

ここで留意すべきは、桜という言葉がヤスと同じ母音を含んでいることです。この心象スケッチに添えられた日づけは１９２４（大正13）年4月27日で、ヤスの縁談は進み、渡米が近づいていました。(Bonan Tagon, Sinjoro !) は、賢治が学んでいたエスペラント語で、「旦那さん、こんにちは」という意味だそうです。この旦那さんは、先駆形では「判事」になったり「医者」になったり、職業が一定しません。はたしてヤスは、どんな男性と結婚するのだろう……と逡巡する、賢治の本音が見え隠れしているようです。■

虫は小さな弧光燈

〔落葉松の方陣は〕

落葉松の方陣は
せいせい水を吸ひあげて
ピネンも噴きリモネンも吐き酸素もふく
ところが栗の木立の方は
まづ一とほり酸素と水の蒸気を噴いて
あとはたくさん青いラムプを吊すだけ
……林いっぱい蚖蜂《すがる》のふるひ……
いずれにしてもこのへんは
半蔭地《ハーフシエード》の標本なので
羊歯類などの培養には

「春と修羅　第二集」より

ピネン…松や杉などの針葉樹に含まれる成分で特有の香りがある
リモネン…柑橘類の皮に含まれる香りの成分こと

申しぶんない条件ぞろひ
……ひかって華奢にひるがへるのは何鳥だ……
水いろのそら白い雲
すっかりアカシヤづくりになった
……こんどは蝉の瓦斯発動機《ガスエンヂン》が林をめぐり
　日は青いモザイクになって揺めく……
鳥はどこかで
青じろい尖舌《シタ》を出すことをかんがへてるぞ
　　　　（おお栗樹《カスタネア》　花謝《お》ちし
　　　　　なれをあさみてなにかせん）
……ても古くさいスペクトル！
　　飾　禾　草《オーナメンタルグラス》　の穂！……
風がにはかに吹きだすと
暗い虹だの顫へるなみが
息もつけなくなるくらゐ

そこらいっぱいひかり出す
それはちひさな蜘蛛の巣だ
半透明な緑の蜘蛛が
森いっぱいにミクロトームを装置して
虫のくるのを待ってゐる
にもかゝはらず虫はどんどん飛んでゐる
あのありふれた百が単位の羽虫の輩が
みんな小さな弧光燈《アークライト》といふやうに
さかさになったり斜めになったり
自由自在に一生けんめい飛んでゐる
それもああまで本気に飛べば
公算論のいかものなどは
もう誰にしろ持ち出せない
むしろ情に富むものは
一ぴきごとに伝記を書くといふかもしれん

ミクロトーム…顕微鏡で観察するため、
試料を薄い切片にする装置

（お、栗樹《カスタネア》　花去りて
その実はなほし杳《はる》かなり）

鳥がどこかで
また青じろい尖舌《シタ》を出す

1924. 9. 17

賢治は暗い森を抜けようとしています。風に吹かれた蜘蛛の巣が、いっせいに波立って虹のような輝きを放ち、林の向こうの日の当たるところでは、無数のユスリカが白く光りながら群飛をしています。

飛んでいるのはオスたちです。「蠕虫舞手」で「ひいさま」と称されたメスは、オスの群れを見つけると単独でなかに入り、いずれかのオスとペアになって交尾をします。群飛は、鳥などの天敵に見つかりやすく危険な行動ですが、無数のオスが盾になるため、次世代の卵を抱えたメスが命を失う確率は低いとされます。

昆虫は、「食う、食われる」という食物連鎖のつながりのなかで、動物界の底辺に位置し、食べられて食べられて、ほかの生き物の命を支える存在です。そのため昆虫は、食べられても食べられても、どれかは生き残るように、多くの卵を産みます。交尾を終えたユスリカのメスが、水辺で産む卵の数は少なく見積もっても数百個はあるでしょう。ユスリカは確かに、「百が単位の羽虫の輩」なのでした。

「公算論のいかもの」とは、群れ飛ぶオスがメスに選ばれ、子孫を残す確率を指していると思われます。その確率が極めて低く、ほとんどのオスが鳥や蜘蛛に食べられて命を失うとしても、みな懸命にいまを生きているのです。この心象スケッチに添えられた日づけは１９２４年９月17日で、ヤスの渡米後です。自らも、なす術もなく恋を失っていた賢治は、百が単位の羽虫にも、百の生き様があるのだと、儚い命に心を寄せます。■

目の碧い蜂

「一ぴきごとに伝記を書く」というフレーズから、思い出すのは童話作品「洞熊学校を卒業した三人」です。賢治は、登場する三人が「いちばん大きくえらくなる」ことを競い合い、しまいには破滅してしまう一生を描きながら、自然のなかで草木と関わって暮らす「目の碧い蜂」を静かに讃えています。

> ちゃうどそのときはかたくりの花の咲くころで、たくさんのたくさんの眼の碧い蜂の仲間が、日光のなかをぶんぶんぶんぶん飛び交ひながら、一つ一つの小さな桃いろの花に挨拶して蜜や香料を貰ったり、そのお礼に黄金いろをした円い花粉をほかの花のところへ運んでやったり、あるひは新らしい木の芽からいらなくなった蠟を集めて六角形の巣を築いたりもういそがしくにぎやかな春の入口になってゐました。
>
> （抜粋）

春の速さができる

実験室小景

（こんなところにゐるんだな）
ビーカー、フラスコ、ブンゼン燈、
（この漆喰に立ちづくめさ）
暖炉はひとりでうなってゐるし
黄いろな時計はびっこをひきひきうごいてゐる
（ガラスのオボーがたくさんあるな）
（あれは逆流冷却器）
（ずゐぶん大きなカップだな）
（どうだきみは、苛性加里でもいっぱいやるか）
（ふふん）

「春と修羅　第三集」より

苛性加里…苛性カリ。水酸化カリウムのこと。アルカリ電池や石けんの材料など、幅広い分野で用いられる

雪の反射とポプラの梢
　そらを行くのはオパリンな雲
　　あるいはこまかな氷のかけら
（分析ならばきみはなんでもできるのかい）
（あ、物質の方ならね）
（ははは　今日は大へん謙遜だ
まるでニュウトンそっくりだ）
（きみニュウトンは物理だよ）
（どっちにしてももう一あしだ
教授になって博士になれば
男爵だってなってなれないこともない）
（きみきみ助手が見てゐるよ）
　　湯気をふくふくテルモスタット
（春が来るとも見えないな）
（いや、来るときは一どに来る

春の速さはまたべつだ
（春の速さはをかしいぜ）
（文学亜流にわかるまい、
ぜんたい春といふものは
気象因子の系列だぜ
はじめははんの紐を出し
しまひに八重の桜をおとす
それが地点を通過すれば
速さがそこにできるだらう）
（さういふことを云ってたら
論文なんかぐにゃぐにゃだらう）
（論文なんかぱりぱりさ）

△

（何時になればいっしょに出れる？）
（四時ならいゝよ）

（もう一時間）
（あゝ温室で遊んでないか
済んだらぼくがのぞくから
助手がいろいろ教へてくれる）
（ではさうしよう
あの玄関のわきのだな）
（あゝさう
ひとりではひっていゝんだ
あけっぱなしはごめんだぜ）

1927. 2. 18

花巻農学校で教鞭をとっていたころ、賢治は何人もの生徒を、母校である盛岡高等農林学校の助手として就職させています。この心象スケッチが書かれたと思われる1927(昭和2)年には、賢治は農学校を退職して羅須地人協会を設立していますが、生徒たちのようすを見に、たびたび足を運んでいました。

このころ賢治と親交があったのは納豆研究で知られる村松舜祐《しゅんすけ》教授で、その薦めで高等農林に就職した賢治と同級の成瀬金太郎は、すでに助教授になっていました。この作品は、実験室を訪ねた賢治が親しい教官と話しているようにも、誰かを案内しているようにも読めます。賢治は実験が苦手でしたから、10年前の自分が頭を過ぎってもいるでしょう。

中ほどで、春にも速さがあると力説しているのは賢治に違いありません。ハンノキは、賢治作品にはしばしば登場する樹木です。その雄花は、冬の終わりから少しずつ長さを伸ばし、早春には紐状に伸びて花粉を飛ばします。春という季節が、ハンノキの雄花から始まり八重の桜に終わるとは、毎日のように野外を歩いている賢治らしい感覚です。

賢治は高等農林で、関豊太郎教授から鉱物や地質、物理や気象、土地改良などを学び、大きな影響を受けました。また門前弘多教授の養蚕や昆虫も履修しています。自然を見つめる賢治のまなざしは、高等農林での学びによって科学的に裏打ちされ、その言葉は科学と文学のあいだを行き来して、不可思議な魅力を増していきました。■

土壌分析

たくさんの書物を読んで、仮説を立てるのは得意だったと思われる賢治ですが、実験をして仮説を確かめるのは、どうやらかなり苦手だったようです。「実験室小景」で久しぶりに母校の実験室を訪ねたときには、在学中の自分の姿を思い出して、ほろ苦い気分も味わっていたものと思われます。

私は今一つの務を果す為に実に実に陰気なびくびくものの日を送つてゐます。私は今学校の関さんの実験室へ入って郡の土壌の分析をしてゐます。それは実にひどい失敗ばかりして居ます。天秤の皿に強硫酸をつけたり、瓦斯を止めずに帰ったり塩化アムモニアを炭酸アムモニアの代りに瓶へ入れて置いたり、私の様なぼんやりはとても定量分析などの様な精密な仕事をする資格がありません。それでも今止める訳にはどうしても行きません。五六十の土壌はどうしても今年中に分析しなければなりません。あゝけれどもこの実験室は盛岡の北の隅にあるのではない。諸仏諸菩薩の道場であります。私にとっては忍辱の道場です。Blunder headよ。放心者よ。おまへは毎日みぢめにも叱られしょんぼりと立ち試薬瓶の列を黙つて見てゐる。

（1918年6月20日前後、保阪嘉内あて書簡より抜粋）

小さな蛾に励まされる

〔バケツがのぼって〕

バケツがのぼって
鉛いろしたゴーシュ四辺形の影のなかから
いまうららかな波をたゝへて
ひざしのなかにでてくると
そこに　―ひとひら―
　―なまめかしい貝―
　―ヘリクリサムの花冠……
一ぴきの蛾が落ちてゐる
滑らかに強い水の表面張力から
四枚の翅を離さうとして

「春と修羅　第三集」より

ヘリクリサム…キク科の植物。カサカサした花弁が特徴

蛾はいっしんにもだえてゐる
　—またたくさんの小さな気泡……
わたくしはこの早い春への突進者
鱗翅《りんし》の群の急尖鋒を
温んでひかる気海のなかへ
再び発足させねばならぬ
早くも小さな水けむり
鱗粉気泡イリデスセンス
春の蛾は
ひとりで水を叩きつけて
　　　　飛び立つ
　　　飛び立つ
　　飛び立つ
もういま杉の茶いろな房と
不定形な雲の間を航行する

1927. 3. 23

イリデスセンス…宝石などが光の干渉によって虹色や玉虫色に輝く現象。iridescence(イリデッセンス)

井戸から汲み上げられたバケツの水に、貝殻細工のように光る翅を持つ小さな春の蛾が落ちていました。まだ生きて、もがいています。賢治は助けようとして、手を差し伸べますが……。

蛾は、くり返しはばたいて、とうとう水の表面張力から逃れ、自力で飛び立っていきました。命ある限り生きようとする虫たちの姿から、賢治はときに、大きな勇気をもらっていたのです。

無類の石好きで、「石こ賢さん」と呼ばれていたことで知られる賢治ですが、小学生のころには昆虫採集にも熱中し、標本も作っていたと伝えられます。

その指先には、標本を作るために昆虫の胸を圧迫して気絶させるときの、小刻みに震える筋肉の手応えも、確かに記憶されていたに違いありません。この心象スケッチから、小さな蛾の筋肉の震えさえも感じられるのは、おそらくはその記憶によるものでしょう。

子ども時代に殺生も経験しているからこそ、虫たちに向ける賢治のまなざしは限りなく優しいのだと、わたしには思われます。無数に生まれてきては、食べられて死んでいく虫たちは、子どもの昆虫採集で絶滅する心配はありません。虫だからこそ、殺生も可能なのだと言えるでしょう。

石を愛し、星を愛した賢治は、星のように地に満ちる命、虫をも愛していたのです。■

ドクガのこと

1922（大正11）年から2年間、岩手県ではドクガが大発生しました。賢治はドクガをいたずらに恐れることを風刺して、「毒蛾」という短編を書いています。主人公の巡回視学官が訪ねる「ハームキヤ」の「コワック大学校」で、「毒蛾なんて、てんでこの町には発生なかったんです」と語るのが、おそらくは賢治でしょう。また「毒蛾」には、盛岡高等農林学校の門前教授が「マリオ高等農学校の、ブンゼンといふ博士」として登場します。


「いや、ありがたう。大へんないゝものを拝見しました。どうです。学校にも大分被害者があったでせう。」私は云ひました。

「いゝえ。なあに、毒蛾なんて、てんでこの町には発生《で》なかったんです。昨夜、こいつ一疋見つけるのに、四時間もかかったのです。」

　一人の教授が答へました。

　そして私は大声に笑ったのです。


（抜粋）

シグナルのプロポーズ

コラム
停車場

7番線

はじめて「価値観を転換せよ」というメッセージを受けとったのは、エッセイストとして賢治作品の読み解きを始めたばかりで、ヤスとの恋も知らなかったころのことです。ふと「シグナルとシグナレス」を手にとると、シグナルのプロポーズの場面が開きました。

「僕を愛して下さい。」「結婚の約束をして下さい。」と畳みかけるシグナルに、「でも」とためらうシグナレス。「でもなんですか、僕たちは春になつたら燕にたのんで、みんなにも知らせて結婚の式をあげませう。どうか約束して下さい。」とシグナルが言葉を重ねると、木でできた素朴なシグナレスはこう言うのでした。

「だってあたしはこんなつまらないんですわ」

するど金属製で新式のシグナルは答えます。

「わかつてますよ、僕にはそのつまらないところが尊いんです。」

つまらないから尊い。それは、賢治からわたしに垂らされたひと筋の糸でした。昆虫学を学んだわたしは、虫という生き物が嫌われがちなことに疑問を抱き、彼らも懸命に生きているかけがえのない命なのだと、エッセイを通じて伝えていこうとしていました。

シグナルのプロポーズによって、賢治もまた、つまらないと軽んじられる存在に心を寄せているのだと知ると、難解だったその作品世界が細く扉を開き、うっすらと明かりが漏れてきたように感じられました。わたしの胸で、木製シグナレスの優しい腕が、ことんと小さな音を立てた瞬間でした。

Ⅷ

プラットフォーム

アメリカのヤスに誓う

萱草の花のように笑うふたり

曠原淑女

日ざしがほのかに降ってくれば
またうらぶれの風も吹く
にはとこやぶのうしろから
二人のをんながのぼって来る
けらを着　粗い縄をまとひ
萱草の花のやうにわらひながら
ゆっくりふたりがすすんでくる
その蓋のついた小さな手桶は
今日ははたけへのみ水を入れて来たのだ
今日でない日は青いつるつるの蕁菜を入れ

『春と修羅』異稿より

欠けた朱塗の椀をうかべて
朝の爽やかなうちに町へ売りにも来たりする
鍬を二梃たゞしくけらにしばりつけてゐるので
曠原の淑女よ
あなたがたはウクライナの
舞手のやうに見える
……風よたのしいおまへのことばを
もっとはっきり
この人たちにきこえるやうに云ってくれ……

1924. 5. 8

『春と修羅』のあと、宮澤賢治は1926（大正15）年の夏ごろまでに、大正13年と14年の心象スケッチを集めた「春と修羅　第二集」を、謄写版で手作りしたいと考えていたようです。しかしそれを実現せぬまま、謄写版を労農党に寄付してしまいます。

1928（昭和3）年には再び出版の話が持ち上がり、「序」も書かれますが、それも実現せぬまま賢治は病に伏し、1933（昭和8）年に亡くなるまで原稿に手を入れ続けました。そのため、現在「春と修羅　第二集」とされるのは、長年の推敲の結果です。

賢治が謄写版で出そうとしていた原稿は、先駆形の最も古い形に見ることができます。妹を亡くし、恋を失ったとは言え、そのころの賢治の感性はまだ瑞々しさを失っていません。「曠原淑女」も、そのひとつです。ふたりの女性が背中にクワを2丁ずつ担ぎ、その持ち手が天使の羽根のように後方に突き出していることが、賢治の心をとらえました。

賢治は彼女らに、ウクライナの名を冠しました。ご承知のように、ウクライナは各国に干渉された歴史を持ち、1918年に独立したウクライナ人民共和国は、1922年にはソビエト連邦にとり込まれていました。1933年に統制が厳しくなり、ウクライナ語のロシア化が進むと、アルファベット「Г（ゲー）」が消え、その状態は再びウクライナが独立する1991年まで続きます。ウクライナの運命を象徴するかのような「Г」という文字が、クワを背にした女性の立ち姿を彷彿とさせるのは、奇妙な符合に思われます。■

奇体な扮装

「春と修羅　第二集」に収められた〔ふたりおんなじさういふ奇体な扮装で〕は、添えられた日づけこそ1924年10月26日と異なりますが、ふたりの女性がクワを担いでいる姿から、「曠原淑女」と同じ日の出来事を記していることが分かります。その語り口は明るく、賢治にとって、よほど魅力的なモチーフだったことがうかがえます。

けらがばさばさしてるのに
瓶のかたちのもんぺをはいて
めいめい鍬を二挺づつ
その刃を平らにせなかにあて
荷縄を胸に結ひますと
その柄は二枚の巨きな羽

（抜粋）

北アメリカは巨大な墓標

孤独と風童

シグナルの赤いあかりもともったし
そこらの雲もちらけてしまふ
プラットフォームは
Yの字をしたはしらだの
犬の毛皮を着た農夫だの
けふもすっかり酸えてしまった
東へ行くの？
白いみかげの胃の方へかい
　さう　ではおいで
行きがけにねえ

「春と修羅　第二集」異稿より

向ふの　あの
ぼんやりとした葡萄いろの空を通って
大荒沢や向ふはひどい雪ですと
ぼくが云ったと云っとくれ
ぢゃ　さやうなら
樺の林の芽が噴くころにまたおいで
こんどの童話はおまへのだから

1924. 11. 23

こちらも「春と修羅　第二集」所収の心象スケッチですが、ここでは1926（大正15）年1月に、友人の編集する詩誌『貌』第四号に掲載された発表形を紹介します。

添えられた日づけは1924年11月23日、ヤスがアメリカのシカゴに去って5か月あまりが過ぎています。シグナルには赤信号が灯り、シグナレスだったヤスは「Yの字をしたはしら」と記されます。「犬の毛皮を着た農夫」は、ヤスの結婚相手でしょう。

ヤスが立つ「プラットフォーム」は、地質用語では古い地殻に堆積物が積もった地域を指し、シカゴはまさにプラットフォームに分類されます。また、その基盤となる古い地殻はクラトンと呼ばれ、珪長質の花崗《かこう》岩が主成分です。花崗岩は墓石などに使われるみかげ石で、珪石や長石は白い鉱物、北アメリカにはクラトンが分布します。したがって「白いみかげの胃」とは北アメリカで、賢治の恋の巨大な墓標とも言えるでしょう。

「さやうなら」とは風に託したヤスへの伝言です。「樺の林の芽が噴くころにまたおいで／こんどの童話はおまへのだから」との2行は、発表形にのみ記されています。「こんどの童話」とは、1924年12月1日に出版される『注文の多い料理店』のなかの「水仙月の四日」と思われ、「風童」は雪童子として登場します。賢治は「樺」という言葉を、しばしばバラ科の樹木を指すのに用いますが、ここでは冬の終わりに花穂を伸ばすカバノキ科のハンノキを表します。凄まじいまでのダブル・ミーニングは、賢治の真骨頂です。■

風の旅

賢治が「風童」と記すとき、その風は地球規模での空気の移動を指しています。「風の又三郎」では、又三郎は定かには風の精として描かれませんが、「風野又三郎」の又三郎は、はっきりと風の精として描かれ、子どもたちに北極への旅を語ります。賢治は、実際には訪れたことのない世界の景色を、すばらしく魅力的に描写することに成功しています。


そんな旅を何日も何日もつゞけるんだ。

ずゐぶん美しいこともあるし淋しいこともある。雲なんかほんたうに奇麗なことがあるよ。」

「赤くてが。」耕一がたづねました。

「い、や、赤くはないよ。雲の赤くなるのは戻りさ。南極か北極へ向いて上の方をどんどん行くときは雲なんか赤かぁないんだよ。赤かぁないんだけれど、それあ美しいよ。ごく淡いいろの虹のやうに見えるときもあるしねえ、いろいろなんだ。


（抜粋）

旅人と万葉風の青海原

暁穹への嫉妬

薔薇輝石や雪のエッセンスを集めて、
ひかりけだかくかゞやきながら
その清麗なサファイア風の惑星を
溶かさうとするあけがたのそら
さっきはみちは渚をつたひ
波もねむたくゆれてゐたとき
星はあやしく澄みわたり
過冷な天の水そこで
青い合図《wink》をいくたびいくつも投げてゐた
それなのにいま

「春と修羅　第二集」より

（ところがあいつはまん円なもんで
リングもあれば月も七っつもってゐる
第一あんなもの生きてもゐないし
まあ行って見ろごそごそだぞ）と
草刈が云ったとしても
ぼくがあいつを恋するために
このうつくしいあけぞらを
変な顔して　見てゐることは変らない
変らないどこかそんなことなど云はれると
いよいよぼくはどうしていゝかわからなくなる
……雪をかぶったはひびゃくしんと
　百の岬がいま明ける
　万葉風の青海原よ……
滅びる鳥の種族のやうに
星はもいちどひるがへる

1925. 1. 6

1925(大正14)年1月6日の未明、賢治は太平洋を臨んでいます。「薔薇輝石」は岩手県北の野田村で採取されるため、場所は北三陸の岬と考えられます。この日の惑星を確認すると、午前3時ごろに南東の空に土星が昇り、明け方に金星が昇ります。

賢治は土星にヤスをなぞらえます。他の男性と結婚して太平洋を渡ったヤスは、確かにリング、すなわち指輪も持っているでしょうし、惑星が衛星を持つように、やがては子どもも産むでしょう。この心象スケッチの先駆形で、賢治は土星に対して「わたくしは何を挨拶し　なにを贈ればいゝのだらう」「わたしは何を挨拶し／なにをちかへばいゝんだらう」と記し、もはや指輪を贈ることも結婚を誓うこともできないのだと嘆きます。それでも賢治は、ヤスもまた自分を懐かしんで「青い合図」を送っていると感じています。

「はいびゃくしん」は、北三陸を北限とするヒノキ科のハマハイビャクシンでしょうが、賢治は「ビャクシン属のうち、這う性質の樹木」という意味で、こう記していると思われます。「万葉風」とはやや唐突ですが、ビャクシン属と推定される「むろの木」を詠んだ大伴旅人の万葉歌に、先立った妻を懐かしむ「礒の上に根延《ねば》ふむろの木見し人をいづらと問はば語り告げむか」があります。かつて同じ木を見たひとは、いまはどうしているのか……と問う内容は、賢治とヤスが、はじめてふたりで小岩井農場を訪れ、同じ景色を見たであろう冬の日が、やはり1月6日であったことを思い起こさせます。■

タイタニックの楽手

「暁穹への嫉妬」の前日の日づけで、賢治は「異途への出発」という心象スケッチを書いています。意識はすでに、大海を渡ったヤスに向かっているのか、「楽手たちは蒼ざめて死に」という1行は、沈没の間際まで讃美歌を奏で続けたという、タイタニック号の演奏家たちを思わせます。

月の惑みと
巨きな雪の盤とのなかに
あてなくひとり下り立てば
あしもとは軋り
寒冷でまっくろな空虚は
がらんと額に臨んでゐる
　……楽手たちは蒼ざめて死に
　嬰児は水いろのもやにうまれた……

（冒頭部分）

雪の夜、黒いマントの恋人が

〔古びた水いろの薄明穹のなかに〕

古びた水いろの薄明穹《はくめいきゆう》のなかに
巨きな鼠いろの葉牡丹ののびたつころに
パラスもきらきらひかり
町は二層の水のなか
　そこに二つのナスタンシヤ焔
　またアークライトの下を行く犬
　　さうでございます
　　このお児さんは
　　植物界に於る魔術師になられるでありませう
月が出れば
たちまち木の枝の影と網

「詩ノート」より

そこに白い建物のゴシック風の幽霊

肥料を商ふさびしい部落を通るとき
その片屋根がみな貝殼に変装されて
海りんごのにほひがいっぱいであった

むかしわたくしはこの学校のなかったとき
その森の下の神主の子で
大学を終へたばかりの友だちと
春のいまごろこゝをあるいて居りました
そのとき青い燐光の菓子でこしらへた雁は
西にかかって居りましたし
みちはくさぼといっしょにけむり
友だちのたばこのけむりもながれました
わたくしは遠い停車場の一れつのあかりをのぞみ

それが一つの巨きな建物のやうに見えますことから
その建物の舎監にならうと云ひました
そしてまもなくこの学校がたち
わたくしはそのがらんとした巨きな寄宿舎の
舎監に任命されました
恋人が雪の夜何べんも
黒いマントをかついで男のふうをして
わたくしをたづねてまゐりました
そしてもう何もかもすぎてしまったのです
　ごらんなさい
　遊園地の電燈が
　天にのぼって行くのです
　のぼれない灯が
　あすこでかなしく漂ふのです

1927. 5. 7

ノート用紙に記されていることから、「詩ノート」と呼ばれている作品群があります。その冒頭は、1926（昭和1）年11月4日の日づけを持つ「病院」で、「終りの一つのカクタスがまばゆく燃えて居りました」という1行の「カクタス」が、母音でヤスを暗喩しています。さらに3作目の「汽車」には、シカゴを指す「プラットフォーム」という言葉とともに、「これが小さくてよき梨を産するあの町であるか」「それらの樹群はみなよき梨の母体であるか」と、これもヤスの暗喩である「梨」が登場しています。

この年、ヤスが出産し、衰弱していたことを、賢治は知っていたようです。病を伏せて渡米したと思われるヤスですが、賢治が事実を知っていれば、あるいはヤスを止めたでしょうか。翌年4月13日未明、ヤスはシカゴの病院で27歳の生涯を終え、賢治は4月28日に「何もかもみんなしくじったのは／どれもこっちのてぬかりからだ」と記します。

5月7日の日づけで記されたこの作品も、ヤスに捧げられたものです。花巻農学校は、1923（大正12）年の春に郊外に移転しましたが、新校舎は前年の11月に完成していました。ふたりの恋が終わる冬、まだ生徒の入らない寄宿舎で舎監を務める賢治のもとを、ヤスが訪ねてきたのでしょう。「恋人が雪の夜何べんも／黒いマントをかついで男のふうをして／わたくしをたづねてまゐりました」との3行は、「小岩井農場」に「くろいイムバネス」という言葉を忍ばせてヤスを登場させていたことの答えになっています。■

青い夜の風や星、魂を送る火や

〔わたくしどもは〕

わたくしどもは
ちゃうど一年いっしょに暮しました
その女はやさしく蒼白く
その眼はいつでも何かわたくしのわからない夢を見てゐるやうでした
いっしょになったその夏のある朝
わたくしは町はづれの橋で
村の娘が持って来た花があまり美しかったので
二十銭だけ買ってうちに帰りましたら
妻は空いてゐた金魚の壺にさして

「詩ノート」より

店へ並べて居りました
夕方帰って来ましたら
妻はわたくしの顔を見てふしぎな笑ひやうをしました
見ると食卓にはいろいろな果物や
白い洋皿などまで並べてありますので
どうしたのかとたづねましたら
あの花が今日ひるの間にちゃうど二円に売れたといふのです
……その青い夜の風や星、
　すだれや魂を送る火や……
そしてその冬
妻は何の苦しみといふのでもなく
萎れるやうに崩れるやうに一日病んで没くなりました

1927. 6. 1

ヤスの存在がまったく知られていなかったころ、「詩ノート」は、賢治の実体験を伴わないフィクショナルな記述を含む作品群と理解されてきました。「妻」の存在が描かれた〈わたくしどもは〉は、その最たるものです。

しかし、冒頭に記された「ちょうど一年」は、賢治とヤスが相思相愛だった期間と一致します。また、添えられた1927（昭和2）年6月1日という日づけは、ヤスの命日である4月13日から数えると50日目に当たり、仏教における「四十九日法要」を過ぎて忌明けしたところです。

童話「シグナルとシグナレス」で、「あなたはきつと、私の未来の妻だ」と書いた賢治のことです。作中で、ヤスとの約束を果たそうとしたに違いありません。夫が買ってきた花が高く売れたことが、洋皿を並べている理由だという表現は、ヤスが洋行するに至る原因が、賢治自身にあることを暗示しているように思われます。

賢治は亡くなる1933（昭和8）年の4月、「春と修羅　第二集」に収められた8年前の作品〈はつれて軋《きし》る手袋を〉を改稿し、『日本詩壇』第1巻第1号に「移化する雲」を発表します。そこには「ふたりだまつて座つたり／うすうい緑茶をのんだりする」と、結婚のイメージが綴られていました。賢治は自らにも結婚の機会があったことを、どうしても活字にしておきたかったのでしょう。■

涙ぐんだ目

結婚のイメージが記された〔はつれて軋る手袋と〕では、「眼に象《かたど》って」というフレーズがリフレインされて印象的です。目に象ると言えば、賢治が「ＭＥＭＯ　ＦＬＯＬＡ」ノートに書き残した花壇「ティアフル・アイ（涙ぐんだ目）」が思い浮かびます。別れを告げた日のヤスの目を、賢治は花壇にして残そうとしたのではないでしょうか。

かういふひそかな空気の沼を
板やわづかの漆喰から
正方体にこしらへあげて
ふたりだまって座ったり
うすい緑茶をのんだりする
どうしてさういふやさしいことを
卑しむこともなかったのだ
　……眼に象って
　かなしいあの眼に象って……

（抜粋）

ヤスと、ヤスの子どもの幸せを祈る

童話「水仙月の四日」には、雪嵐に遭って命を失いかける子どもが登場します。

「ひとりの子供が、赤い毛布《けっと》にくるまつて、しきりにカリメラのことを考へながら、大きな象の頭のかたちをした、雪丘《ゆきをか》の裾を、せかせかうちの方へ急いで居りました。」

「カリメラ」はザラメや赤砂糖を熱して作られますから、正確にはカルメ焼きかカルメラです。カリメラは賢治の造語で、アメリカと母音を同じくしながら文字の順番を入れ替えたアナグラムに類するものと思われます。賢治はわざわざ傍点を振り、誤植ではないことを示しました。また、子どもの赤い毛布は、はじめての洋行を指す隠語「赤毛布《あかけつと》」に通じます。

したがってこの子どもは、アメリカに行こうとしているヤス、もしくは、いつかヤスが産むであろう子どもを暗喩していると考えられます。そして、倒れた子どもに雪の布団をかけて凍えないようにする雪童子は、おそらくは賢治の分身なのでしょう。「あのこどもは、ぼくのやつたやどりぎをもつてゐた。」とつぶやき、少し泣くようにするのでした。

朝になると、「毛皮を着た人」が村から子どもを助けに来ます。心象スケッチ「孤独と風童」に「Yの字をしたはしらだの／犬の毛皮を着た農夫だの」とあったように、毛皮を着た人はヤスの結婚相手を暗喩しています。雪童子の「お父さんが来たよ。」という言葉に、声にならない賢治の声が重なるようです。ヤスと、ヤスの子どもをよろしく……と。

コラム
停車場
8番線

Ⅸ　疾中

母は厨で水の音

世界中を吹き渡る風が

病床

たけにぐさに
風が吹いてゐるといふことである
たけにぐさの群落にも
風が吹いてゐるといふことである

「疾中」より

1926（大正15）年に羅須地人協会を設立したあと、賢治は独居して畑を耕し、精力的に農家への肥料相談を行って、多忙な日々を送っていました。しかし、1928（昭和3）年の8月に発熱し病臥すると、実家での療養を余儀なくされます。

この章に紹介するのは、「疾中」とラベルされた黒クロース表紙に挟まれていた作品群からの抜粋です。ラベルには「8.1928―1930」との日づけが記されており、多少のずれはあるとしても、倒れてから数年の間に書かれたものと判断されます。

その冒頭が、暗い林の前に立つタケニグサを静謐な筆致で描写した「病床」です。

タケニグサは、草丈2メートルを超えるケシ科の植物で、円錐状に枝分かれした大きな花穂には、花弁のないおしべとめしべだけの風媒花が数多くつきます。さらにその実は、小さな鞘となって下垂し、風に揺れて無数の種子を落とし、互いに触れ合ってさらさらと音を立てます。群落ならば、その音はなお明瞭に聴きとれることでしょう。

「病床」のほかに、タケニグサが登場するのは童話「風野又三郎」で、「たけにぐさは栗の木の左の方でかすかにゆれ」との表現が見られます。又三郎は、地球を循環する風の精として描かれ、村の子どもたちと風の功罪について議論する場面はことに印象的です。

タケニグサの花や実を微かに揺らすことも、風の確かな仕事です。世界中を吹き渡る風は、病という闇の前に立つ賢治のもとにも吹いてきて、この1編が生まれました。■

どうして体を投げることができよう

〔その恐ろしい黒雲が〕

その恐ろしい黒雲が
またわたくしをとらうと来れば
わたくしは切なく熱くひとりもだえる
北上の河谷を覆ふ
あの雨雲と婚すると云ひ
森と野原をこもごも載せた
その洪積の台地を恋ふと
なかばは戯れに人にも寄せ
なかばは気を負ってほんたうにさうも思ひ
青い山河をさながらに

「疾中」より

じぶんじしんと考へた
あゝそのことは私を責める
病の痛みや汗のなか
それらのうづまく黒雲や
紺青の地平線が
またまのあたり近づけば
わたくしは切なく熱くもだえる
あゝ父母よ弟よ
あらゆる恩顧や好意の後に
どうしてわたくしは
その恐ろしい黒雲に
からだを投げることができよう

あゝ友たちよはるかな友よ
きみはかゞやく穹窿《きゆうりゆう》や
透明な風　野原や森の
この恐るべき他の面を知るか

ヤスとの恋が終わったあと、賢治は心象スケッチ「一本木野」において「わたくしは森やのはらのこひびと」と宣言しました。病に倒れたいま、賢治はそのことを回想し、激しく後悔しています。

同じく「疾中」に収められた〔風がおもてで呼んでゐる〕では、戸外で吹きすさぶ風が「おまへも早く飛びだして来て／あすこの稜ある巌の上／葉のない黒い林のなかで／うつくしいソプラノをもった／おれたちのなかのひとりと／約束通り結婚しろ」と、くり返し叫んでいます。

身ひとつで寒風のなかに飛び出せば、病でなくとも命を奪われてしまうでしょう。熱や痛みに喘ぐ賢治にとって、それはあるいは、苦痛からの解放という意味を持つかも知れません。しかし賢治は、苦しみのなかで生きようとしています。

童話「よだかの星」は、生きにくさを抱えた主人公が、夜空の星を目指して飛んで飛んで、とうとう息絶えて星になる物語でした。その結末は自己実現とも読めますが、自死を思わせることは否めません。星になった主人公は、「食う食われる」という自然のしくみのなかで命を終え、すでに魂だけの存在になっていたのだと解釈したいところです。

死を現実のものとして意識したとき、賢治自身は命を投げ出さず、最期まで生き抜こうとしたことを、ここに記しておきたいと思います。■

熱の海に浮かぶ花の蕾

〔丁丁丁丁丁〕
　　丁丁丁丁丁
　　丁丁丁丁丁
叩きつけられてゐる　丁
叩きつけられてゐる　丁
藻でまっくらな　丁丁丁
塩の海　丁丁丁丁丁
　熱　丁丁丁丁丁
　熱　熱　丁丁丁
　　（尊々殺々殺
　　殺々尊々々

「疾中」より

尊々殺々殺
殺々尊々尊）
ゲニイめたうとう本音を出した
やってみろ　　丁丁丁
きさまなんかにまけるかよ
何か巨きな鳥の影
ふう　　丁丁丁
海は青じろく明け　丁
もうもうあがる蒸気のなかに
香ばしく息づいて泛《うか》ぶ
巨きな花の蕾がある

ラストの「巨きな花の蕾」のイメージは、「三原三部」という作品の「三原　第一部」に記された一節と共通するものです。「三原三部」は、病臥する前の１９２８（昭和３）年６月、伊豆大島を訪ねた折の作品です。東京湾から出航した賢治は、４年前の６月に横浜港から船上のひととなり、いまは天上のひととなったヤスを、南の洋上に見ていました。

伊豆大島への旅の目的は、岩手県出身で農芸学校の設立を計画している伊藤七雄とチエの兄妹に農業指導をすることでした。この旅のあと、賢治はチエについて「結婚するならあの女性だな」と語ったと伝えられます。ヤスを思いながらチエとの結婚を口にした賢治を病が襲ったのは、賢治にとって罰が当たったたように感じられたかも知れません。

「ゲニイ」はイスラム神話の精霊「jinnee」を意味すると思われ、その代表的なものは、「アラジンと魔法のランプ」に登場するランプの魔人です。思えばヤスを見染めたころ、小岩井農場への道を辿りながらアラジンのランプに恋の成就を願った賢治でした。

連続する「丁」は賢治独自の音声表現で、視覚的にアルファベットの「T」を表して読みを指定しているとも考えられます。「てい」の連続は「いて」という音を含み、それは「チエ」と母音を同じくします。「殺」はいかにも恐ろしい文字ですが、「ヤス」と母音と同じくし、「尊」と組み合わされていることは、決して偶然ではないでしょう。■

水にこぼれる花の蕾

「三原三部」に記された「巨きな花の蕾」のイメージは、長らくチエに向けられたものとされてきました。しかし、これから伊豆大島を訪ねようとする「三原　第一部」に、すでに「つひにひらかず水にこぼれる」と記されていることが、違和感をもたらすこともまた事実です。賢治はここでも、チエの前にも恋が存在していたのだと、ヤスについて書こうとしていたのでした。

……南の海の
南の海の
はげしい熱気とけむりのなかから
ひらかぬまゝにさえざえ芳り
つひにひらかず水にこぼれる
巨きな花の蕾がある……

（抜粋）

いま死ぬときでなし息を吸え

病中

これはいったいどういふわけだ
息がだんだん短くなって
いま完全にとまってゐる
とまってゐると苦しくなる
わざわざ息を吸ひ込むのかね
……室いっぱいの雪あかり……
折角息を吸ひ込んだのに
こんどもだんだん短くなる
立派な等比級数だ
公比はたしかに四分の三

「疾中」より

睡たい
睡たい
睡たい
睡たいからって睡ってしまへば死ぬのだらう
まさに発奮努力して
断じて眼を！　眼を!!　眼を!!!　ひらき
さやう
もいちど極めて大きな息すべし
今度も等比級数か
こいつはだめだ
誰に別れるひまもない
もう睡れ
睡ってしまへ
いや死ぬときでなし
発奮すべし

眼をひらき
手を胸に副へ息を吸へ
……母はくりやで水の音……

いま死んでしまったら、陛下の母がそれを見つけて、どんなにか衝撃を受けるだろう。病の床にある賢治を励ましていたものは、厨から響いてくる母の炊事の音でした。

賢治はこのあと、1931（昭和6）年に一時的に回復すると、東山町（現一関市東山町）にある「東北砕石工場」の技師となって、石灰粉末の販売普及に尽力します。岩手県に分布する火山灰土壌の酸性を中和するため、石灰粉末を土壌改良剤として使用しようというアイデアは、盛岡高等農林学校時代の恩師、関豊太郎の影響を受けたものでした。

一時的に回復したと言っても、重い石灰粉末を携えての営業活動に耐えられる体力は、賢治にはもはや残されておらず、同年9月19日に商品見本を持って上京すると、20日に神田区駿河台の八幡館で発熱、21日には死を覚悟して、「この一生の間どこのどんな子供も受けないやうな厚いご恩をいたゞきながら、いつも我慢でお心に背きたうたうこんなことになりました。」と始まる遺書を父母宛に認めます。

しかしこの手紙は投函されることなく、賢治は27日になって「もうわたしも終わりと思いますので、お父さんの声を聴きたくなりました」と花巻に電話をかけ、驚いた父が帰郷の手配をしたと伝えられます。

賢治はそのまま病臥し、11月3日の日づけで、手帳に〔雨ニモマケズ〕を記すことになるのでした。■

ごはんを食べさしてください

母に云ふ

馬のあるいたみちだの
ひとのあるいたみちだの
センホインといふ草だの
方角を見ようといくつも黄いろな丘にのぼったり
まちがって防火線をまはったり
がさがさがさがさがさ
まっ赤に枯れた柏の下や
わらびの葉だのすゞらんの実だの
陰気な泥炭地をかけ抜けたり
岩手山の雲をかぶったまばゆい雪から

「春と修羅　第二集」異稿より

風をもらって帽子をふったり
しまひにはもう
まるでからだをなげつけるやうにして走って
やっとのことで
南の雲の縮れた白い火の下に
小岩井の耕耘部の小さく光る屋根を見ました
萱のなかからぱっと走って出ましたら
そこの日なたで七つぐらゐのこどもがふたり
雪ばかまをはきけらを着て
栗をひろってゐましたが
たいへんびっくりしたやうなので
わたくしもおどろいて立ちどまり
わざと狼森《おいのもり》はどれかとたづね
ごくていねいにお礼を云ってまたかけました
それからこんどは燧堀山《かどほりやま》へ迷って出て

さっぱり見当がつかないので
もうやけくそに停車場はいったいどっちだと叫びますと
栗の木ばやしの日射しのなかから
若い牧夫がたいへんあわてて飛んで来て
わたくしをつれて落葉松の林をまはり
向ふのみだれた白い雲や
さはやかな草地の縞を指さしながら
詳しく教へてくれました
わたくしはまったく気の毒になって
汽車賃を引いて残りを三十銭ばかり
お礼にやってしまひました
それからも一度走って走って
やうやく汽車に間に合ひました
そして昼めしをまだたべません
どうか味噌漬けをだしてごはんをたべさしてください

1924.10. 26

ここでは少し時間を巻き戻し、賢治がまだ野山を歩いていたころの心象スケッチを紹介します。すでに述べたように、「春と修羅　第二集」には賢治が自ら謄写版で印刷しようと考えていた原稿が存在しており、それらは現在、先駆形として読むことができます。「母に云ふ」も、そのひとつです。

添えられた日づけは1924（大正13）年10月26日、ヤスはこの年に渡米しましたが亡くなってはおらず、賢治は傷心を抱えながらも十分に元気です。この日は思い出の小岩井周辺を歩いています。

体を投げつけるようにして山を駆けたり、冷たい風のなかで背伸びをして帽子を振ったり、あたりの子どもたちを驚かせるほどの大声で叫んだり。「疾中」作品群のあとに改めて読むと、「母に云ふ」の躍動感は鮮やかです。

道に迷い、お金を親切な牧夫に渡してしまって、空腹のまま家に帰り着いた賢治でしたが、玄関先に立ち、出迎えてくれた母の顔を見ると、まるで幼子のような言葉が口をついて出ました。母イチは、きっとにっこりと微笑んで、いそいそと食事の支度をしたに違いありません。

この日々の営みが、「病中」に見られるように、死の淵に立つ賢治をも励まし続けたのです。優しくユーモアがあって、賢治はどちらかというと母親似だったと言われます。■

ゴーイングホーム、ヤス

ヤスがこの世を去り、自らも病に倒れたあと、賢治の執筆の勢いが衰えたのは、いたし方のないことでしょう。それでも晩年の賢治には、ヤスが異国で亡くなったからこそ書かねばならない作品もあったのだと思われます。

たとえばヤスが海を渡った1924（大正13）年ごろに書き出され、最晩年までくり返し改稿されていた「銀河鉄道の夜」には、「コロラドの高原」「インデアン」「新世界交響楽」など、アメリカにまつわる言葉が散りばめられている箇所があります。

幻想の宇宙空間を走っていた銀河鉄道を、賢治はわざわざ地上に戻し、コロラドの高原の小さな停車場に停まらせているのです。理由は言うまでもありません。亡くなったひとの魂を運ぶ銀河鉄道で、賢治はヤスの魂を迎えに行ったのです。

野原の向こうから、かすかにかすかに糸のように流れてきた旋律は、アントニン・ドヴォルザーク作曲の「新世界交響曲」でした。正確には、ドヴォルザークの弟子ウィリアム・フィッシャーが1922年に歌詞をつけた第2楽章だったでしょう。

このとき第2楽章につけられた題名は「ゴーイングホーム」。日本では、のちに「家路」として知られることになる曲です。賢治もまたヤスの去った年に、この曲に「種山が原」という歌詞をつけて生徒たちと歌っていました。賢治は万感の思いを込めて、「銀河鉄道の夜」に「ゴーイングホーム」の旋律を記したに違いありません。

帰ろう、帰ろうヤス、懐かしい種山が原へ。

X 岩手公園

忘れ得ぬ日々

もろともにあらんと言いしきみ

流《ザ》氷《エ》

はんのきの高き梢《うれ》より、
汽車はいまや、にたゆたひ、
見はるかす段丘の雪、
天青石《アヅライト》まぎらふ水は、

あ、きみがまなざしの涯、
もろともにあらんと云ひし、
南はも大野のはてに、
日は白くみなそこに燃え、

きら、かに氷華をおとし、
北上のあしたをわたる。
なめらかに川はうねりて、
百千の流氷《ザエ》を載せたり。

うら青く天盤は澄み、
そのまちのけぶりは遠き。
ひとひらの吹雪わたりつ、
うららかに氷はすべる。

「文語詩稿　五十篇」より

天青石…セレスタイト（celesite）の和名。賢治が振ったルビ「アヅライト」は藍銅鉱（らんどうこう）のこと。「オホーツク挽歌」では「アズライト」と正しいルビを振っている（P110）

宮澤賢治は1933（昭和8）年9月21日、37歳でその生涯を閉じました。

死期が近づいてきたことを悟ると、賢治は病床で書きためた文語詩の清書にとり組み、8月15日に「文語詩稿　五十篇」を、さらに7日後の22日に「文語詩稿　一百編」を仕上げ、残りを「文語詩未定稿」としています。じつに死の1か月前のことでした。

賢治は文語詩を書くに当たり、「文語詩篇」とタイトルをつけたノートを用意すると、見開き2ページを1年分として、14歳から35歳までの主だった出来事を記していきました。巻末には、ダイジェスト版とでも言えばよいでしょうか、1ページに2年から3年分を記した25歳ごろまでの年譜も添えられています。

丹念に人生を回想して作られた文語詩は、賢治の自叙伝的な意味合いを持つと言っても過言ではありません。それはまた、『春と修羅』などの心象スケッチには書いてこなかった事柄を、もういちど記録し直す作業でもありました。

たとえばこの作品は、汽車に揺られている状況や川に浮かぶ無数の流氷、冷たく澄んだ青空などから、『春と修羅』のラストを飾る「冬と銀河ステーション」を改稿したものと考えられます。『春と修羅』では、ヤスとの恋は「シグナル」や「やどりぎ」などの言葉であくまでも暗喩されていましたが、こちらでは「もろともにあらんと云ひし」「きみ」の存在が、はっきりと文字にされています。■

忘れ難い人生の岐路

〔きみにならびて野にたてば〕

きみにならびて野にたてば、
柏ばやしをとゞろかし、
げにもひかりの群青や、
鳥はその巣やつくろはん、

風きららかに吹ききたり、
枯葉を雪にまろばしぬ。
山のけむりのこなたにも、
ちぎれの艸をついばみぬ。

「文語詩稿　五十篇」より

群青の光と、雪原を渡る風。賢治は風や光という形のないものを、読者の心象中に鮮やかに再現することに成功しています。それは、推敲に推敲が重ねられ、具体的な表現が削ぎ落されていることによる効果でしょうか。「きみ」についても同様で、読者はそれぞれ、自分にとって忘れがたい誰かを、この文語詩に重ね合わせて読むことができます。

この作品の先駆形は、1931(昭和6)年に使われていた黒革の手帳に、〔雨ニモマケズ〕などとともに記されていました。死を意識した賢治の脳裏に去来する「きみ」は、手帳に記された先駆形では「さびしや風のさなかにも/鳥はその巣を繕はんに/ひとはつれなく瞳《まみ》澄みて/山のみ見る」と訴えていました。改めて言うまでもなく、巣はつがいの鳥たちが卵を温め、雛を育む場所です。ここでは家庭を暗示するでしょう。

ヤスの存在を見つけた佐藤勝治氏の調査によると、ヤスはトシが亡くなったころから元気を失い、冬のある日、「山の温泉に行ってきたい」と家族に言い残して、何日か家を空けたということです。〔きみにならびて野にたてば〕は、縁談が滞るなか、ふたりともに花巻を抜け出し、将来について話し合った日の記録と考えられます。

賢治はヤスから、(たとえ逆風が吹いても、家庭を持つことはできる)という意味のことを告げられていました。『春と修羅』の「風林」に、「かしはのなかには鳥の巣がない/あんまりがさがさ鳴るためだ」との一節があったのは、ヤスに対する答えだったのです。■

花の言葉を教えし姉

岩手公園

「かなた」と老いしタピングは、
東はるかに散乱の、
なみなす丘はぼうぼうと、
大学生のタピングは、
老いたるミセスタッピング、
中学生の一組に、
孤光燈《アークライト》にめくるめき、
川と銀行木のみどり、

杖をはるかにゆびさせど、
さびしき銀は声もなし。
青きりんごの色に暮れ、
口笛軽く吹きにけり。
「去年《こぞ》なが姉はこゝにして、
花のことばを教へしか。」
羽虫の群の集まりつ、
　まちはしづかにたそがるゝ。

「文語詩稿　一百篇」より

「老いしタピング」とは、1907(明治40)年に50歳で盛岡に赴任した浸礼教会の宣教師ヘンリー・タッピングを指しています。賢治は夕暮れの岩手公園で、タッピング夫妻とその息子ウィラードに会ったのでした。1899年生まれのウィラードが「大学生」と書かれていることから、時期は1917(大正6)年と推定されます。賢治は盛岡高等農林学校の3年生でしたが、この年に盛岡中学に入学した弟の清六や従妹らと暮らすため、寮を出て岩手公園の近くに下宿していました。

タッピング夫人が「去年なが姉はこゝにして」と語っているウィラードの姉とは、賢治より7つ年上でやはり宣教師のヘレン・タッピングです。高等農林3年時の出来事を描写しながら、わざわざ前年のエピソードを夫人に語らせる賢治の意図は、ダイジェスト版の年譜を見ると明らかになります。「農林第二年」との文字のまわりには、同級生や後輩の名前とともに「タピ」という文字が並び、ドイツ語で「第2の恋」を意味する「Zweite Liebe」という言葉が記されています。

賢治は高等農林に進学すると、浸礼教会のバイブル・クラスに通うようになっていました。学友とともに交流していたヘレン・タッピングに、少なからず好意を寄せていたのでしょう。賢治が「グスコーブドリの伝記」など、いくつかの童話で妹の名前として使用している「ネリ」は、ヘレンという名の愛称のひとつでもあります。■

賢治に訪れた4回の恋

機会

恋のはじめのおとなひは
かの青春に来りけり
おなじき第二神来は
蒼き上着にありにけり
その第三は諸人の
栄誉のなかに来りけり
いまお、その四愛憐は
何たるぼろの中に来しぞも

「文語詩未定稿」より

長いあいだ恋とは無縁とされてきた賢治でしたが、「機会」を読むと、誰よりも賢治自身が、自分は恋をしていたのだと訴えていることが分かります。

「かの青春」の恋は、ダイジェスト版の年譜が「岩手病院」で始まり、その下にドイツ語で「第一の恋」を意味する「Erste Liebe」という言葉が記されていることから、盛岡中学を卒業した18歳の春、鼻炎の手術で入院した岩手病院で、介抱してくれた看護師の女性に思いを寄せたときのことと思われます。

「蒼き上着」の恋は、前述したように宣教師のヘレン・タッピングに憧れたときのことで、「神来」という言葉がそれを示しています。用意周到にヘレンの存在を記した「岩手公園」が、賢治の文語詩のなかでも馥郁《ふくいく》とした香りを放つのは、憧れのなせる技でしょう。

「諸人の栄誉のなか」に訪れた第三の恋は、花巻農学校に勤めていたころ、すなわち大畠ヤスとの恋と考えられます。賢治は決して安くはないサラリーを貰い、生徒たちと野山を歩き、土を耕して、音楽劇に力を注いでいました。もちろん妹の死という大きな悲しみもあったのですが、農学校での4年間は、賢治にとって輝かしい期間だったと言えます。

恋を「憐」と書き換えた第四の感情は、伊豆大島の伊藤チエをはじめ、ヤス以降の出会いが包括されているのかも知れません。賢治は病のなかでも、『女性岩手』という雑誌を創刊した多田ヤスなど、志高く才能豊かな女性に援助を惜しみませんでした。■

世界がぜんたい幸福にならなければ

〔夕陽は青めりかの山裾に〕

夕陽は青めりかの山裾に
ひろ野はくらめりま夏の雲に
かの町はるかの地平に消えて
おもかげほがらにわらひは遠し

ふたりぞたゞのみさちありなんと
おもへば世界はあまりに暗く
かのひとまことにさちありなんと
まさしくねがへばこころはあかし

「文語詩未定稿」より

いざ起てまことのをのこの恋に
もの云ひもの読み苹果を喰める
ひとびとまことのさちならざれば
まことのねがひは充ちしにあらぬ

夕陽は青みて木立はひかり
をちこちながるゝ草取うたや
いましものびたつ稲田の氈《せん》に
ひとびと汗してなほはたらけり

「いざ起てまことのをのこの恋に／もの云ひもの読み苹果を喰める」とは、じつに若々しい表現です。賢治の人生は決して順風満帆とは言えず、文語詩のなかには重々しい作品も少なくはありません。ところが恋に関しては、その感性は死の間際まで瑞々しく保たれていたのです。改めて、愛が執筆のエネルギーであることを感じます。

この作品は、自作年譜の数え年19歳のページに、〈退院　いざや起てまことの恋に〉との記述があることから、看護師に憧れた第一の恋にまつわるものと考えられています。いっぽう、「夕陽は青めりかの山裾に」との書き出しを声に出して読むと、「アメリカのヤスに」という音を含んでいることが分かります。

ここに記されているのは、4回の恋を追想した結果なのでしょう。「ふたりぞたゞのみさちありなんと／おもへば世界はあまりに遠く」などの表現は、『農民芸術概論綱要』の「序論」に記された有名な1行「世界がぜんたい幸福にならないうちは個人の幸福はあり得ない」に通じるものです。

この命題は逆もまた真です。ヤスの願いに応えられなかった以上、賢治にとって世界ぜんたいの幸福は実現しません。世界ぜんたいの幸福は、ひとりひとりがみんなの幸福を祈りつつ、目の前の愛しいひとを幸せにし、自らも幸せになることから始まります。ふたりは幸せになってよかったのだと悟ったとき、ヤスはもう、賢治の前にいませんでした。■

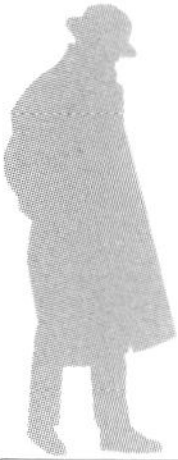

農民芸術

1926（大正15年）の1月から3月まで、花巻農学校に開設された岩手国民高等学校で、賢治は「農民芸術」を講義しました。その際の講義メモが、「農民芸術概論綱要」の始まりであろうと推定されています。

……われらはいっしょにこれから何を論ずるか……

おれたちはみな農民である　ずゐぶん忙がしく仕事もつらい
もっと明るく生き生きと生活をする道を見付けたい
われらの古い師父たちの中にはさういふ人も応々あった
近代科学の実証と求道者たちの実験とわれらの直観の一致に於て論じたい
世界がぜんたい幸福にならないうちは個人の幸福はあり得ない

（序論冒頭）

病のなかで手帳に認められた祈り

〔雨ニモマケズ〕

雨ニモマケズ
風ニモマケズ
雪ニモ夏ノ暑サニモマケヌ
丈夫ナカラダヲモチ
慾ハナク
決シテ瞋《イカ》ラズ
イツモシヅカニワラッテヰル
一日ニ玄米四合ト
味噌ト少シノ野菜ヲタベ
アラユルコトヲ

ジブンヲカンジョウニ入レズニ
ヨクミキキシワカリ
ソシテワスレズ
野原ノ松ノ林ノ蔭ノ
小サナ萓ブキノ小屋ニヰテ
東ニ病気ノコドモアレバ
行ッテ看病シテヤリ
西ニツカレタ母アレバ
行ッテソノ稲ノ束ヲ負ヒ
南ニ死ニサウナ人アレバ
行ッテコハガラナクテモイヽトイヒ
北ニケンクヮヤソショウガアレバ
ツマラナイカラヤメロトイヒ
ヒドリノトキハナミダヲナガシ
サムサノナツハオロオロアルキ

ミンナニデクノボートヨバレ
ホメラレモセズ
クニモサレズ
サウイフモノニ
ワタシハナリタイ

みんなの役に立ちたいという切なる願いも、優しい恋人と見たつかの間の夢も、ことごとく病に阻まれた賢治でした。病の床で記したこれらの言葉は、こんなふうに生きたかったという祈りにも似た叫びなのかも知れません。

なお、「ヒドリノトキハナミダヲナガシ」という一行の「ヒドリ」は「ヒデリ」すなわち「日照り」の誤記であるとされ、広く教科書などにも「ヒデリ」が採用されています。確かに賢治の作品やメモでは、干ばつという文脈で「ヒデリ」と「ヒドリ」が混在しています。いっぽう、日雇い労働という意味の「日取り」を例に、「ヒドリ」のままでも解釈は可能だとする説も存在します。

ここでは音韻面から賢治の作品を読み解いてきた立場で、もうひとつの可能性を示しておきたいと思います。「ヒドリノトキハ」の母音は、「ヒドリ」も「トキ」も、「o音」と「i音」で構成されていることが分かります。そして「サムサノナツ」は、「a音」と「u音」で構成されています。これらがそれぞれ「トシ」と「ヤス」の名前の母音と一致していることは、偶然とは思われません。

音韻面から見ると、「ヒドリ」のほうが韻を踏んでいてリズムがあり、最愛の妹トシの名前を母音で暗喩しているという読み解きが成立するのです。作品の随所で韻を踏んでいることも、賢治がリズムを重視していた証拠でしょう。■

天から差し伸べられる優しい腕

「グスコーブドリの伝記」は、賢治が亡くなる前年の1932（昭和7）年に、『児童文学第二冊』に発表された作品です。

イーハトーブの森に生まれたグスコーブドリは、冷害による飢饉で天涯孤独になりますが、自然のなかで働きながら生き延び、やがて火山を調整する仕事に就くと、炭酸ガスを噴く火山を爆発させ、温室効果を起こして冷害を回避しようとします。ただし、その任務に就いた者のうち、最後のひとりはどうしても火山の爆発から逃げられません。

火山に残ることを申し出たブドリは言います。「私のようなものは、これから沢山できます。私よりもっともっと何でもできる人が、私よりもっと立派にもっと美しく、仕事をしたり笑ったりして行くのですから」。これが、賢治からわたしたち読者への最期のメッセージです。

賢治の言う「笑う」は、「やまなし」においてクラムボンが笑っていたことを受け、「恋する」あるいは「愛する」という意味を含んでいるでしょう。

このときブドリは27歳でした。賢治にとって27歳は、ヤスが渡米した年です。また、奇しくもヤスも、27歳で亡くなっていました。「シグナルとシグナレス」において、賢治の分身であるシグナルは、シグナレスの愛を得られないなら「雷か噴火」で死ぬと語りました。ヤスを失った賢治の分身であるブドリが噴火で逝くのは、したがって予定された結末とも言えるのです。作中にブドリの恋は描かれませんが、その最期に、天から差し伸べられた優しい腕が見えるのは、賢治の恋を知る者の幸いです。

コラム
停車場
10番線

おわりに

自然界のあらゆる存在を愛していた宮澤賢治は、母を愛し、妹を愛し、生徒を愛し、恋人を愛していました。

しかしその愛ゆえに、引き裂かれた人生だったとも言うことができます。

若くして逝こうとする妹を前に、自分だけ恋人と幸せになってよいのかと悩み、周囲の反対を押し切って恋を貫けば、母を悲しませることになるだろうと悩み、かつての恋人をアメリカで死なせてしまった後悔から、新たな恋には踏み出すことができませんでした。

賢治は、誰かがどこかで悲しんでいることに耐えられません。たとえ人生が2度あっても、賢治は同じように苦しんでしまうのかも知れません。

賢治はその苦しみを、文字にして残したのでした。

この本には、詩の形式を持った作品のうち、印象的なフレーズを含むなど、広く皆さんに読んでいただきたいと思うものを集めてみました。決して恋だけに着目して選んだのではありませんが、精読していくなかで、じつに多くの作品が恋に関係しているのだと判断せざるを得ませんでした。

賢治は恋をしていたのだと、はじめて気がついたのはおよそ20年前のことです。年譜に相思相愛の恋は記されず、賢治は女性と縁のないまま生涯を終えたと信じられていました。さらに作品はフィクションなのだから、恋が記されているとしても、賢治が恋をしていた証拠にはならない、との考えが大勢を占めていました。

けれどもわたしには、たとえフィクションでも、それを書いたという事実は消えないと思われてなりませんでした。どのような方法で作品化を図ったのか、その思考のプロセスが分かれば、背景にある出来事を推測できるはずだと考えたのです。

賢治がしばしば自らの作品を朗読していたことや、朗読に即興的に伴奏を添える「朗誦伴奏」を希望していたことにも注目しました。音声表現にして空間を満たすことが、賢治の執筆意図に密接に関係していると考え、5年ほど前からは、わたし自身も朗読や朗誦伴奏を試みるようになりました。

声に出して読んでみると、賢治が言葉に二重の意味を持たせるダブル・ミーニングを行っていたり、現代のラップのような押韻を試みていたりすることが、薄紙をはがすように分かってきました。

恋人の存在を、その名前と同じ母音を持つ言葉で暗喩していると確信したのは、２０２１年に岩手日報社から出版された『クラムボンはかぷかぷわらったよ　宮澤賢治おはなし30選』の執筆のため、改めて童話作品を精読したのがきっかけでした。

この本にも書いた「ジャズ」や「春」、「松」などという言葉へのこだわりのほかに、童話「やまなし」のクラムボンが「かぷかぷ」と笑う、その「かぷ」が、まさしく恋人の名前と母音を同じくしていることに気づいたのです。それは、長いあいだ謎とされてきた「クラムボン」という造語について、「恋する賢治自身」を指すに違いないと思い至った瞬間でもありました。

母音で韻を踏むなどの表現は、大正時代の文学作品としては極めて斬新な試みだと言えるでしょう。また、押韻の効果を示すには音声表現が必要不可欠だったことが、賢治が朗読や朗誦伴奏の実践にこだわった理由のひとつでしょう。

自らを未来派と称している賢治ですが、その先見性は、盛岡高等農林学校での学問や読書はもちろんのこと、自らの恋をどうしても記しておきたいという情熱と、決して無関係ではなさそうです。

賢治とヤスの恋や、この本に書いた内容について、これが賢治の隠された真実だと、声

を大にして叫ぶつもりはまったくありません。ただわたしは、自らも言葉に関わる仕事をしている者として、

（この作品のこの部分を書くとき、きっとこう考えてこの言葉を選んだのでしょう？）

と、賢治に問いかけてみたかったのです。

答えは賢治にしか分かりません。ですから間違っていることもあるでしょう。けれども賢治が愛用のブルーブラックインクの万年筆を構え、いままさに原稿用紙に何事かを書きつけようとしているそのときに、頭のなかにあったかも知れない考えを推理して、いくばくかの事実に迫れるとすれば、それはわたしにとって望外の喜びです。間違いを恐れて何も語らないという選択はできませんし、間違いに気づいたなら、考えを練り直して前に進みたいと思います。

丹念に恋を隠した心象スケッチの数々は、賢治から出された宿題のようでした。『春と修羅』刊行から１００年の節目の年に、この本の執筆にとり組めたことは、岩手に生まれ賢治の後輩として学び、自然を見つめて文章を書いているわたしには、願ってもない機会でした。あとがきを書いているいまは、大きな宿題をやり終えたような気持ちです。賢治との答え合わせができるなら、その日を楽しみに待つといたしましょう。

この本の執筆に当たり、岩手日報社コンテンツ事業部の高橋宏和さんが編集で伴走してくださいました。同じく岩手日報社のデザイナー遠藤祥子さん、編集サポートの澤田明子さんにも、たいへんお世話になりました。朗誦伴奏を行うに当たっては、すべての伴奏を担当したベーシスト石澤由松をはじめ、多くの音楽家の皆さまが素晴らしい演奏によってお力添えくださいました。さらに賢治の恋について書き続けるなかで、困難に出会うたびに励まし続けてくださった書店の皆さま、友人、家族、イーハトーブの自然に息づく生きとし生けるものたち、そして誰より、宮澤賢治とその執筆の原動力となった大畠ヤスさんに、心からの感謝を捧げます。

澤口　たまみ

２０２４年８月27日　　宮澤賢治の誕生日に

主な参考文献

『宮沢賢治全集全10巻』宮沢賢治　ちくま文庫（1986年）
『新編　宮沢賢治詩集』宮沢賢治　天沢退二郎編　新潮文庫（1991年）
『宮澤賢治イーハトヴ学事典』天沢退二郎・金子務・鈴木貞美編集　弘文堂（2010年）
『賢治と鉱物　文系のための鉱物学入門』加藤碵一・青木正博　工作舎（2011年）
『宮沢賢治・青春の秘唱　冬のスケッチ研究』佐藤勝治　十字屋書店（1984年）
『証言　宮沢賢治先生　イーハトーブ農学校の1580日』佐藤成　農文協（1992年）
『宮沢賢治の音楽』佐藤泰平　筑摩書房（1995年）
『クラムボンはかぷかぷわらったよ　宮澤賢治おはなし30選』
澤口たまみ　岩手日報社（2021年）
『宮澤賢治 百年の謎解き』澤口たまみ　T&K Quattro BOOK（2022年）
『定本　宮澤賢治語彙辞典』原子朗　筑摩書房（2013年）
『年譜　宮澤賢治伝』堀尾青史　中公文庫（1991年）
『兄のトランク』宮沢清六　ちくま文庫（1991年）
『宮沢賢治の肖像』森荘已池　津軽書房（1974年）
「黒髪ながく瞳は茶色　賢治の恋人新発見！」佐藤勝治
くりま第3号　文藝春秋（1981年）

〔はじめに〕
『死者の贈り物』長田弘　ハルキ文庫（２０２２年）
〔第１章〕
『春と修羅』宮沢賢治　関根書店（１９２４年）
〔第２章〕
『賢治歩行詩考　長篇詩「小岩井農場」の原風景』　岡澤敏男　未知谷（２００５年）
〔第３章〕
「賢治の詩『原体剣舞連』と達谷窟毘沙門堂――悪路王とアルペン農の謎――」
米地文夫・神田雅章　岩手県立大学総合政策第18巻第2号（２０１７年）
「宮沢賢治は日本初の「ジャズ文学者」だった」　JAZZ JAPAN　Vol. 116（２０２０年）
〔第４章〕
『伯父は賢治』宮沢淳郎　八重岳書房（１９８９年）
〔第５章〕
『小説家夏目漱石』大岡昇平　筑摩書房（１９８８年）
〔第６章〕
「宮沢賢治の詩「稲作挿話」についての土壌肥料学的考察」田知本正夫
日本土壌肥料学会講演要旨集第53集（２００７年）

〔第7章〕
『自然をこんなふうに見てごらん 宮澤賢治のことば』
澤口たまみ　山と溪谷社（2023年）
『同窓生が語る宮澤賢治　盛岡高等農林学校と宮澤賢治　120年のタイムスリップ』
若尾紀夫　岩手大学農学部北水会（2021年）
〔第8章〕
『物語　ウクライナの歴史　ヨーロッパ最後の大国』黒川祐次　中公新書（2002年）
『大伴旅人――人と作品』中西進　祥伝社新書（2019年）
『小菅健吉・宮沢賢治・保阪嘉内・河本義行「アザリア」の仲間たち』
さくら市ミュージアム―荒井寛方記念館（2012年）
『氏家町史　史料編　近代の文化人』さくら市史編さん委員会
栃木県さくら市（2011年）
〔第9章〕
「宮澤賢治と女性」藤原草郎「新女苑」昭和十六年八月号　実業之日本社（1941年）
〔第10章〕
『「ヒドリ」か「ヒデリ」か　宮沢賢治「雨ニモマケズ」中の一語をめぐって』
入沢康夫　書肆山田（2010年）
『宮澤賢治　愛のうた』澤口たまみ　盛岡出版コミュニティー（2010年）

「タッピング家の人々」小林功芳　英学史研究第21号（１９８８年）
「宮沢賢治のヘレン・タッピングへの片思いと
　西洋風街並みへの憧れと　大正ロマンのモリーオ幻想」
　米地文夫　賢治学第５輯　岩手大学宮澤賢治センター編（２０１８年）

〔おわりに〕

『童貞としての宮沢賢治』押野武志　ちくま新書（２００３年）
『九鬼周造全集　第五巻』九鬼周造　岩波書店（１９８１年）
『新書で入門　宮沢賢治のちから』山下聖美　新潮新書（２００８年）
「九鬼周造の押韻論」大東俊一　法政大学教養部紀要96号（１９９６年）

澤口　たまみ

エッセイスト・絵本作家。岩手大学農学部修士課程修了。1990年エッセイ集『虫のつぶやき聞こえたよ』（白水社）で日本エッセイストクラブ賞、2017年絵本『わたしのこねこ』（絵・あずみ虫、福音館書店）で産経児童出版文化賞美術賞を受賞。岩手の自然を歩きながら賢治作品を読み解き、即興演奏とともに賢治作品を朗読する「朗誦伴奏」を続けている。主な著作に『クラムボンはかぷかぷわらったよ』（岩手日報社）、『自然をこんなふうに見てごらん　宮澤賢治のことば』（山と渓谷社）など。2023年から盛岡大学短期大学部准教授。岩手県盛岡市在住。

宮澤賢治
心象スケッチ 十の旅

2024年9月21日　初版発行

著　者　澤口たまみ
発行人　川村公司
発行所　株式会社岩手日報社
〒020-8622　岩手県盛岡市内丸３－７
コンテンツ事業部（電話019·601·4646　平日９～17時）
syuppan@iwate-np.co.jp
印　刷　山口北州印刷株式会社

ISBN 978-4-87201-436-5　C0095　　定価はカバーに表示しています。